TAKE
SHOBO

# 愛を待つ桜

## エリート弁護士、偽りの結婚と秘密の息子

御堂志生

ILLUSTRATION
さばるどろ

CONTENTS



MITSU YUME

イラスト／さばるどろ

愛を待つ桜
Ai wo matsu Sakura
エリート弁護士、偽りの結婚と秘密の息子

# プロローグ

桜の花びらがひらひら舞い落ちる中、織田夏海(おだなつみ)は成城の一等地にある豪邸を訪れていた。

正門には立派な表札が掛かり、『一条』と書かれてある。この邸の主、一条実光(いちじょうさねみつ)は、夏海が勤める一条物産の社長であり、年商一兆円と言われる一条グループの社長でもあった。

ちょうど一年前、夏海は入社式で新入社員代表となり謝辞を述べた。入社試験の成績がトップだった証である。花形とも言える第一事業部を希望したが、なんと配属先は秘書課。外国語は苦手ではないが、出身が法学部ということもあり、秘書検定を取ってはいなかった。持っている資格は司法書士と行政書士のふたつだ。本来は司法試験を受けて弁護士を目指す予定だったが、残念ながら不合格となってしまい、親に負担を掛けるのが嫌で就職を決めたのだった。

やるからには頑張って昇進を目指そうと心に決めたものの、一条物産の秘書課は総合職扱いではなかった。専門職採用の秘書は退職まで秘書課にいることが多く、役員秘書としてサポートに徹すると聞かされ、夏海は一気に消沈してしまう。

しかも、彼女がつくことになったのは、親の七光りで常務になったと言われる『女好きの馬鹿息子』一条匡。

本来、噂は噂と気にしない夏海だが、残念ながら彼に限っては事実だった。

匡は、夏海の先輩に当たる第一秘書と明らかに男女の関係だったのだ。その方面には詳しくない夏海だが、忘れ物をして秘書室に取りに戻ったとき、奥の常務室から熱愛中の男女の声を耳にした。聞かれることなどなんとも思っていないような先輩秘書の喘ぎ声に、夏海は仰天する。しかもその数日後、この先輩秘書と受付女性が社内でつかみ合いの大喧嘩を始めたのだ。原因は言わずもがなであった。大勢の来客が目にする一階エントランスホールでの不祥事は、社長の耳にも届いてしまい、匡も大目玉を喰らったというが……。

そんなことがあったせいか、昨年秋頃から夏海はたびたび社長室に呼び出された。その都度、常務の様子を根掘り葉掘り尋ねられる。

『常務の勤務態度を改めさせたい。君にも協力して欲しい。君は秘書のままで終わりたくはないんだろう？　上を目指すなら何事も経験だ。いずれ秘書を使う側になるとしても、今の経験は無駄にはならないはずだ』

社長の意図は判らないが、どうやら夏海には総合職としての昇進のチャンスが残されているようだった。

『スパイのような真似は信頼を損ねます。お約束は出来ませんが、会社や社長のため、延いては上司である一条常務のために、お役に立てるよう努力させていただきます』
夏海の答えに、社長は得心したように肯くのだった。

そして入社から一年経ち、突然、夏海は社長宅に招かれた。それも、両親同伴である。

「夏海、俺たちが入ってもかまわんのか？　なんだか場違いな気がするが……」

社長夫人から直々に実家に電話があり、ぜひに、と声を掛けてもらった。毎年催すお花見パーティだという。それでも、両親は不安そうだ。夏海も同様である。

「お父さんにも一張羅を着せてきたし、私もよそ行きで一番いいものを着てきたんだけど……。でも、凄い家ねぇ。さすが社長さんだわ」

「まあ、大丈夫だと思うよ。顔を出してご挨拶したら帰ってもいいんじゃないかな？　よく判らないけど、社長はわたしのことを買ってくれてるみたいだから。娘の昇進が掛かってると思って、我慢してよ」

社長命令とはいえ、およそ上流社会とはほど遠い両親だ。何か粗相でもしたら、と夏海は気が気でない。両親には見えぬよう、こっそりため息をついた。

裏庭では桜の花が咲き乱れる下で、ガーデンパーティの真っ最中だった。

緑の芝がきれいに整えられた広大な庭に、白いテーブルがたくさん置かれ、様々な料理や飲み物が並んでいる。お花見と言えば芝の上にゴザを敷きドンチャン騒ぎ、と連想してしまうが、パーティと付くあたりが庶民とは違う。ごく内輪の集まりと聞いていたが、百人は超える招待客に夏海は啞然としていた。

とりあえず、社長に挨拶をしなければならない。夏海が周囲を見回していると、社長秘書に声を掛けられたのだった。

社長夫妻は邸内のサンルームから桜を見ていた。

「本日はお招きいただきまして、ありがとうございました。わたしの両親です」

そう紹介すると、父も母も馬鹿が付くほど丁寧に頭を下げ、挨拶をしてくれた。

「まあ、お忙しいところ、よくお越し下さいました。お料理はケータリングばかりなので、お口に合わないかも知れませんが……。楽しんで行ってくださいね」

社長夫人である一条あかねに偉ぶった雰囲気はまるでなく、終始にこやかだ。

社長自身も、まるで夏海の両親を主賓のように扱い、会社での彼女の仕事振りを大袈裟なほど褒め称えたのだった。

夏海は何事もなく終わりそうだ、と安心していた。その数分後、実光がとんでもないことを言い始めるまでは――。

「実は、お嬢さんを匡の嫁に、と思ってましてね。不出来な三男坊ですが、ゆくゆくは次男と共に会社を任せたいと考えております。将来は夏海くんにも役員として、公私共に倅(せがれ)のパートナーとなってもらえたら、と」

夏海はもちろん、父も母も絶句している。

父はしばらくして、どうにか声を搾り出すが、

「な、な、な、夏海……お前、まさか、こちらのご子息と、そういうお付き合いをしているのか？」

「ま、まさかっ！　常務とわたしは、ただの上司と部下です！」

「いやいや、お父さん、そういったことではないんです。夏海くんは非常に品行の良いお嬢さんだ。そこを見込んで、息子の嫁に、とお願いしたいのです」

そこにあかねも口を挟んだ。

「出来ればね、結婚してこの家で一緒に暮らしていただけたら。もちろん、新婚当初は新居を建てて、ふたりっきりもいいんですけどね。子どもが生まれたら、同居の方が何かと便利でしょう？　長男は家を出てしまっていて、戻る気はないらしいの。次男のお嫁さんには嫌われてしまって。これで、娘が嫁に行ったりすれば」

「いやあ、しかしですな。なんと言いましょうか……。一介の板前の娘なんか、とてもこちらに嫁にやる甲斐性は……お恥ずかしい話ですが」

「その点は心配なさらないで下さい。お嬢さんやご両親に恥をかかせる様な真似は、決して致しませんから」

実光は力強く宣言した。

世間一般でいう玉の輿だろう。だが、この降って湧いたような縁談に、夏海の両親はあきらかに及び腰だ。当の夏海ですら目の前がクラクラしている。

「あ、あの……急にそんなことを言われましても。とてもすぐには……」

「ああ、もちろんだ。ゆっくり考えてくれたまえ。無理にとは言わないよ。断ってくれても、君をクビにしたり左遷したりはしないから安心しなさい。君は文句なく優秀だ」

「は、はあ……」

　本当だろうか？　と夏海が思っても仕方のないところだろう。

　そこに、ドアが開いて話題の常務、一条匡が入ってきた。

「匡……夏海くんのご両親だ。今、話をさせてもらった。お前からも充分に頼んでおきなさい」

「はい。はじめまして、一条匡です。織田くんには、いつもお世話になっています。どうやら、父は彼女の入社当時から目をつけていたらしく、総合職希望の彼女を、わざわざ僕の秘書に手配したくらいです。今までは、正直言って見合いと聞くだけで逃げ回っていましたが、織田くんとなら将来のことを真面目に考えて行きたいと思っています。ご両親にも賛成いただけたらありがたいです。よろしくお願い致します」

　練習したみたいなセリフだわ……と、夏海は感心していた。

　男性からこんな風に言われたのは初めてのことでドキドキする。だが、匡の女性関係が夏海の脳裏を掠め、とても結婚相手には考えられなかった。

いい加減しつこい……勘弁してくれ。そんな思いで、聡は婚約者気取りの女性から逃げ回っていた。

一条家の長男、一条聡（さとし）は日本でトップクラスの企業弁護士である。

東京大学卒業後、ハーバード大学のロー・スクールも首席で卒業。父の期待も大きかったが、彼は後継者を辞退した。それには彼の最初の結婚が失敗したことも影響している。母のあかねはその失敗を親の責任と思っており、「今度こそ」と、しつこく聡に見合いを勧める。今、彼が逃げているのは、その母の紹介で一ヵ月前に見合いをした笹原智香（ささはらともか）であった。波風を立てぬように断っているのだが、中々理解してくれない。彼が母親に対して強気に出られないと気付いたのだろう。聡に出来るのは、可能な限り智香を避けることだけだった。

そんなとき、末弟の未来の花嫁に会いに来いと父に言われ、彼は仕方なしにやってきたのである。

匡の放蕩（ほうとう）には聡も随分手を焼いてきた。つい先日も、遠縁の女性と深い関係になり、彼は企業人として致命的な問題を起こしてしまう。女性には結婚を控えた婚約者がおり、しかも相手は某大臣の息子だという。顔を潰すには憚（はばか）られる相手だ。

匡は最初、兄で弁護士の聡に泣きついてきた。だが、とても一介の弁護士では手に負えず……結局、父の知るところとなってしまった。

父は話をつけてくれたものの、とうとう三男坊に最後通牒を突きつける。

『私が決めた縁談を、今度、お前から断ったときは、会社から叩き出すぞ！』

父の本気に、さすがの匡も観念したようだ。

匡が結婚して子どもでも生まれたら、両親の関心はそちらに移るだろう。結婚結婚と煩く言われることもなくなる。それは聡にとっても非常に喜ばしいことであった。

聡はひと気のない場所を選び、母屋の一階奥にある紳士用トイレに駆け込んだ。

パーティのメイン会場である裏庭は、離れが開放されており、ほとんどの客はそこで用を足している。こんな遠くまでくる人間はいない。

煙草を一服してしばらく時間を潰した後、ついでにと思い小便器の前に立った。彼が用を足し始めたとき、ふいに足音が聞こえる。直後、トイレに人が飛び込んできた。

華やかなピンクのスーツが目に入り、一瞬、智香か？　と聡はギョッとした。

しかし、今日の智香は白系の服を着ていた気がする。遠目に見ただけなので自信はないが、飛び込んで来た女性はもっと若かった。腰まである長い黒髪が見事だ。鼻筋が通ってうりざね顔の古典的な美人だった。聡の妹もそうだが、最近はほとんどの女性が髪の色を変えている。この時代にあって、これほど見事で艶やかな黒は滅多にお目に掛かれないだろう。彼はまじまじとみつめてしまった。

そんな聡の視線を浴び、彼女はかなりびっくりしたようだ。だが、途中で止めるわけにもいかず……。紳士用になぜ？　と聡も困ってしまった。

「あ、あの……すみません。わたしもお手洗いを使わせてもらっていいでしょうか？

ずっと探してて……見つからなくて、あの」

どうやら切羽詰った状態のようだ。そのせいか判らないが、彼女の頬は桜色に染まっていた。

「ああ……どうぞ。終わったら出て行くので、安心してくれ」

「は、はい、すみません」

そう言って彼女は個室に飛び込んでいった。


夏海はずっとトイレを探していた。

離れのトイレは個室に列が出来ていて、それを見た家政婦らしき年配の女性が、母屋にもございますよ、と教えてくれた。しかし、夏海の予想に反して母屋は広かった。

それに、デパートと違ってトイレの矢印など出ていない。鍵の掛かってないそれらしきドアを、片っ端から開けて廻ったが、なかなかトイレには辿り着けない。夏海は半泣きで、やっと見つけたトイレに飛び込んだのだった。

彼女は用を足し、ホッとして個室から出た。手を洗って鏡を見た瞬間、さっきの男性が背後の壁にもたれて立っていたのだ。

夏海は慌てて振り向いた。

「やあ、間に合ってよかったね」

苦笑しつつ声を掛けられ……その、デリカシーのない言い方に思わずムッとする。

だが、先客がいることも確かめずに飛び込んでしまった。失礼な真似をしたのは、夏海が先だった。

「あの……入ってらっしゃるのに気付かず、失礼しました。でも、そこでわたしを待ってらしたんですか？」

用を足す音を聞かれていたのかと思い、夏海は恥ずかしさに顔が火照る。

「まあ、人が入ってきたらマズイと思ってね。一応、見張りのつもりだった」

「見張り？　どうしてそんな……」

「なんだ、気付いてなかったのかい？　ここは紳士用だよ」

「そ、そんな！　自宅のトイレに紳士用？　そんな馬鹿な……じゃ、婦人用は」

「ちょうど、反対の階段脇だ。一応、顔を合せない為の配慮なんだけどね」

なんということだろう。自分は紳士用のトイレに飛び込んで、用を足してしまったらしい。夏海は穴があったら入りたい気分だ。

「す、すみません！」

必死で詫びる夏海の耳に、唐突に彼の手が触れた。

「キャッ！」

「ああ、失礼。君、右にもイヤリングを付けてたんだろう？」

「え？　ええ、はい。同じものを」

夏海が自分の耳を触ると、そこには何もなかった。

「どこで落としたのかしら……あ」

トイレを探している途中で、中二階の部屋のドアを開けた。メイキングされてないベッドがあり、まるでホテルの一室のようで、トイレがないかと探したのだが見つからなかった。そのときに、間違えて開けたウォークインクローゼットで、上に積まれた布団が落ちてきたのだ。慌てて元に戻したが、ひょっとしたらそのときに……。

彼にそのことを話すと、

「それなら、横の階段を上がったところだ。一緒に行こう。迷子になったら困るからね」

「すみません。ありがとうございます」

ずっとクスクス笑いをされ、馬鹿にされている感じだが、なぜか嫌みな印象はなかった。

さっきは慌てていてじっくり見なかったが、歳は三十代半ばくらいだろうか。髪は整髪料で綺麗に整えられていて、上品な面差しをしている。平均より少し背が高い夏海が見上げるほどの長身で、しかも、日本人離れした足の長さだ。さらには、スーツ越しにも判るほど筋肉質な体型をしているのは、スポーツをしていたせいかもしれない。そのスーツがオーダーメードであることは間違いなかった。

こんなに素敵な男性なら奥さんがいるんだろうな、夏海はボーッと見惚(みと)れながら、黙って後を付いて行く。

「ここは、客間なんだ。トイレはあるけど、普段は鍵が掛かっている」

後になって思えば、邸内の事情に詳しいことを不思議に思うべきだった。でも、このときは……笑みを絶やさない彼の心遣いと、耳から入る甘やかなバリトンが心の大部分を占めていた。些細な疑問符など、浮かぶ余地もなかったのである。

ふたりは思ったより時間を掛けて、布団の間からイヤリングを見つけ出したのだった。

「すみませんでした。ご面倒をお掛けしてしまって……」

どうも、彼のジッとみつめる瞳に、胸がドキドキして顔が上げられない。夏海は俯いたまま、小さな声で謝る。

「いや、貴重な経験だったよ」

彼が真剣な声で返事をしたとき、客間に誰か入ってきた——。


『ここなら誰も来ない』

『待ってください。私には仕事があるんです』

カチャ……カチ。——ドアが閉まり、ノブの内鍵を締める音がした。

『こうすれば誰も入って来れない。なあ、いいだろう。今朝も恵美子(えみこ)とケンカした……もう限界だ。助けてくれ』

『稔(みのる)さま』

『辛いんだ。もう、僕はダメかも知れない……』

『そんなことありません。大丈夫、しっかりして下さい』

『君は……僕を拒否したりしないだろう？　受け入れてくれ！』

声が止んだ直後、荒い息と唾液の絡む音が室内に広がった。


――このとき、聡は冷静に見えて実は戸惑っていた。

なぜなら、初対面の女性から視線が外せないという、初めての経験をしていたせいだ。

このまま離れるのは躊躇われる。だが、いつまでもこんなところにいるわけにもいかない。彼がクローゼットから出ようとしたとき、聞こえてきたのは直弟、稔の声だった。

聡には弟妹が三人いる。二歳下の稔、四歳下の匡、そして十二歳下の妹、静だ。

その中で唯一の既婚者が稔である。

しかし、客室で彼が抱き合っているのは実家の家政婦、三沢亮子。ふたりは愛人関係にあり、聡はそのことに気付いていた。いつか稔と話し合わなければ、と思っていたが、今はそれどころではない。

夏海には音しか聞こえないだろうが、聡の高さだとドアに付けられた換気用の小窓から一部始終が目に入ってしまう。ただでさえ、十何年ぶりに持て余しそうな感情を抱えているのに……聡は舌打ちして視線を逸らした。すると、耳まで真っ赤になった夏海の首筋を見てしまい、今度は慌てて上を向く。

そんな先客の思惑など露知らず、飛び込んで来たふたりは貪るようにお互いの唇を求め合い、身体をさぐり合っていた。

稔はネクタイを解き、ワイシャツのボタンをふたつほど外すと、今度は亮子のエプロンを押し下げた。そのまま彼女の胸をはだけ、素肌に口づける。そして、ブラジャーの肩紐を外し、露わになった乳房に口を寄せ吸い上げるのだった。

『ああ……ダメ……稔さま』

『どんな危険を冒しても、僕は君を抱きたい。亮子……君だけだ』

稔は、忙しなく亮子のスカートをたくし上げショーツを引き下ろす。

『ねえ、待ってください……本当にここで？』

『もう止められない』

稔は、ベッドメイクもされていないむき出しのマットレスの上に亮子を押し倒したのだった。


数分後、部屋中に亮子の嬌声(きょうせい)が響き渡った。

突き上げるリズムに合わせてベッドの軋む音もする。

夏海にとってそれは信じられない出来事だった。

彼女は二十三歳だが、真面目な性格が災いしてか男性との交際経験ゼロである。とはいえ、恋やセックスに興味がないわけではない。

ふと気付くと、客間で行われている情事に彼女は意識を集中していた。細かな息遣いや衣擦（きぬず）れの音にすら、息を止め、聞き耳を立ててしまう。見えない分だけ、想像力が掻き立てられ、顔は真っ赤で呼吸も荒くなっていた。

夏海は聡の様子が気になり、思わず顔を上げてしまう。

すると、同時に聡も彼女を見下ろしたのだ。まるで心の奥を見透かされたようで、恥ずかしさの中に奇妙な興奮と緊張がざわめきたった。

そのまま、そうっと聡の顔が夏海に近づいた。

それはあまりに自然な動作で、当たり前のようにふたりの唇は重なった。

夏海は背中に電流が突き抜けたような衝撃を受ける。

唇は、しだいに相手を求めて、強く……さらに強く押し付け合った。無意識のうちに、ふたりの身体はぴったりと寄り添っている。ドアのすぐ近くに立っていた聡は、左手で夏海の背中を、右手で腰を掴み、自分の身体に引き寄せていた。夏海も彼の首に手を廻し、抱きつくようにもたれ掛かった。

キスは加速をつけてエスカレートして行く。聡の舌が入ってくるのを、夏海は必死に押し戻そうとする。

やがて、ふたりの舌は自然と絡み合って……それは彼女が知った初めてのキスだった。

真面目な堅物、それが聡に対する周囲の評価だ。散々な結果に終わった二十代初めの結婚が、彼から女性を遠ざけてきたせいでもある。

そんな聡にとって、これほどまでに濃厚で官能的なキスは初めてのこと。

三十五年間に経験したどんな女性とのセックスより扇情的で、これだけで達してしまいそうになる。

ふたりはいきなり燃え上がった恋の炎に煽られるように、夢中になって口づけた。

そんなクローゼットの様相とは逆に、稔と亮子の情事はそう長いものではなかった。彼らは勢いに任せて激しい律動を重ね、あっという間に燃え尽きる。

亮子は仕事が気になるのだろう。

『私、もう行きませんと……』

手早く身支度を整え、稔のズボンのベルトをはめ、ネクタイまで締めてやっている。子どもを持つ母親のせいか、それとも元来が世話女房タイプなのか……それすらも心地良さそうに、稔は何もかも亮子に甘えていた。

『今夜連絡する。今度はゆっくり会えるようにするから』

『……はい。でも、無理なさらないで下さいませ』

『判ってるよ。でも、僕には君だけだ。見捨てたりしないでくれ、絶対だ』

再び、艶かしいキスを交わして、稔はようやく亮子から身体を離した。

そのままふたりは急いで部屋を後にする。

彼らは不倫の恋に夢中で、クローゼットから零れる小さな息遣いなど気付くこともなく……。


客間が無人になったことにも気付かず、ふたりのキスは続いていた。

夏海のスーツのボタンは外され、ブラウスの裾から聡は手を差し込んだ。

「……ぁ！」

彼女が声を上げそうになり、その唇を聡は慌てて塞いだ。

押し殺したような小さく可愛い声を聞いた瞬間、聡は自分の下半身に全身の血液が集中するのを感じた。

そのまま、夏海の背中を壁につけると、ゆっくりと一緒に腰を下ろす。

真っ白い肌が目の前にあり、聡は唇で赤い刻印を押して回る。そして彼女の身体を抱き締めたまま、クローゼットの床に横たわった。

ブラウスもブラジャーも上まで捲り上げ、露わになった胸の先端を聡は口に含んだ。

柔らかい……それでいて弾力のあるふたつの乳房を、聡は夢中になって愛撫(あいぶ)した。

しだいに、聡の指は下に向かって進み、夏海の身体を無防備にして行く。

「あ……あの、わたし……」

「私を信じて、身を任せてくれ。君が欲しい」

聡は急いで自分自身を窮屈な中から解放すると、夏海の脚の間に身体を沈めた。

「あ！　やっ……やだ」

「黙って。もう、止められない」

それは十二年ぶりのセックスだった。

女を欲しがることもなくなり、自分の中の男は死んだと思っていた。

だが、彼女に出逢った瞬間、運命を感じた。抱かずにはいられない、そんな想いで彼女の腰を掴み強引に押し込む。

その瞬間、夏海は小さく悲鳴を上げた。

きつく唇を嚙み締め、涙が一滴こめかみを伝う。彼女の指先は聡の腕を力いっぱい握り締めた。

「き、君は……まさか」

聡も驚きを隠せない。キスの仕草から経験は少ないだろう、と思っていた。だが、まさか処女だとは。

「すまない。もう……引けそうにない。決して、このままにはしない。だから、私に全てを許してくれ」

涙に潤んだ瞳が小さく肯いた。

それを確認して、聡は奥まで達すると、ゆっくり……そして少しずつ……夏海の身体を愛撫しながら、悦びへと誘うように腰を揺らし始める。

しだいに、繋がった部分からじんわりと快感が広がって行く。

夏海も痛みが治まったのか、聡の動きに身を委ねている。

三畳程度しかないクローゼットの中で、愛を交わすなど信じられない経験だ。それだけに、快感も半端ではなかった。

聡は夢中になって腰を突き上げそうになるのをどうにか抑え、彼女に負担を掛けないよう必死で堪えた。

だが抵抗むなしく、限界はかなり早く訪れる。

あっと思った瞬間、快感が全身を貫いた。聡は夏海の身体を抱き締め、最後の瞬間を迎えたのだった。

◇　◇　◇

全てが終わった後、剝き出しの肌に湿った空気を感じ、夏海は我に返った。

慌てて、ブラウスの前をかき寄せ、聡に背中を向ける。

「あっと……君、あの、なんと言えばいいのか……」

聡の手が肩に触れ、夏海はパニックになった。

「イヤッ！」

わけも判らずクローゼットから飛び出し、そのまま廊下を走って階段を駆け下り……。

ようやく見つけた婦人用のトイレに飛び込むと、個室で下着を整えた。顔を洗い、鏡を見たとき、そこには『後悔』の二文字が映っていた。

（初対面の名前も知らない男性と、わたしはなんてことをしてしまったの）

女子校育ちで男性は苦手だった。もちろん、簡単に身体を許すつもりなど全くなかったのに……。キスされた瞬間、夏海は長く思い描いていた運命の男性に、とうとう出逢えたと思ったのだ。

しかし、夏海を襲ったショックはこれで終わりではなかったのである。

トイレを出た夏海は大急ぎで両親を探した。一刻も早くおいとましようと、リビングの社長夫妻に挨拶に行ったときのこと。

「ああ夏海さん、次男の稔さんはご存知よね？　こちらが長男の聡さんと、長女の静さんです。静さんはあなたと同い歳じゃないかしら、ねえ？」

あかねに紹介された瞬間、夏海の心臓は止まった気がした。

彼女の目の前に立っているのは、ほんの数十分前に信じられないほどの熱い時間を過ごした相手。それがまさか常務の長兄だったなんて。

「夏海さん？　どうかなさったの？」

無言で立ち尽くす夏海に、あかねは心配そうに声を掛ける。そのあかねの隣で、聡も雷に打たれたように固まっていた。

「あ、いえ……はじめまして、織田夏海です。よろしくお願いします」

喘ぐように言うと、そのまま俯き目を閉じた。

「ようこそ、夏海さん。妹の静です。あら、夏海さんの口紅も淡いピンク色なのね。流行ってるのかしら、ねぇ聡兄様？」

静の言葉には微妙な色があった。だが、余裕のない夏海はそのまま聞き流してしまう。

だが聡のほうは、その言葉で我に返ったようだ。

「兄の一条聡です」

掠れるような甘いバリトン。それは一瞬で夏海の脳裏にクローゼットの情事を彷彿(ほうふつ)とさせ……彼女の全身が震えた。

その後、何を話し、何処を通って家まで帰ったのか……ほとんど覚えてはいなかった。


数日後――。

夏海が帰宅するとコーポの前に人影が見えた。

「夏海、さん？」

階段脇の暗がりに聡は立っていた。

「ど、どうして、ここが？」

「調べたんだ。父や匡に聞くわけにはいかないし……少し時間が掛かった」

彼は最初に逢ったときと同じ、優しく穏やかな微笑を浮かべて言った。あの日と同じように、夏海は彼の声を聞くだけで胸が締め付けられる。

「もう……逢えないかと……思って、ました」

聡の顔を見た途端、切なさと愛しさに涙が込み上げる。

「このままにはしないって言ったろう？　人を愛するのに、多くの時間は必要ないと君に教わった……広い場所もね」

夏海をみつめる聡の瞳には、間違いようのない愛が溢れていて……。

満開の桜のように、そこに存在するだけで嬉しくなるような恋に出逢えた瞬間だった。

それからひと月余り、ふたりは恋のもたらす幸福に満たされ、引き合わされた運命に感謝し、人生の喜びを味わった。

もちろん、匡との縁談は断った。しかし、実光は中々了承してくれず、再考を促してくる。夏海は聡との関係に夢中で大して気にもしていなかったが、聡はそうでもないらしく、とうとう自分から社長に話すと言ってくれた。

「もし、そのせいで会社に居辛くなったら、うちの事務所に来ればいい。どのみち、近い将来そうなるんだ。私は君と離れる気はないよ。夏海、愛してる」

それは……夏海が聡から聞いた、最後の『愛してる』の言葉だった。

# 第一章　再会

——三年後。

夏海は窓から桜をみつめていた。あの日から、このとき期は毎年胸が苦しくなる。大好きだった桜が、あの年を境に大嫌いになった。

「もろともに、哀れと思え山桜……か」

「人生の終焉の歌だね。若い娘が口ずさむ歌には相応しくないな」

「今はそんな心境で……あ、すみません！　つい」

「すまないね。事務所がこんなことになって……本当に申し訳ない」

「高崎(たかさき)所長……そんな風におっしゃらないで下さい。今まで雇っていただけて、本当に助かりました。もうお歳なんですから、身体が良くなったら、後はのんびり過ごしてくださいね」

夏海は努めて明るく答える。

三年前、彼女は一条物産を退職した。しばらくはバイトで繋ぎ、一昨年の秋、高崎の行政書士事務所に雇ってもらったのである。

高崎は七十歳を越す高齢だ。つい先日も心臓発作で倒れ、それを機に事務所の閉鎖が決まった。高崎にはひとり娘がいて鹿児島に嫁いでおり、退院後はそちらに行くらしい。事務所には夏海のほかに、六十歳を過ぎたパートの事務員がいる。彼女もこれを機に引退すると言っていた。

夏海には行政書士としてひとり立ち出来るほどの、お金も経験もない。彼女はすぐに、新しい仕事を探す必要があった。

「君の再就職先はあたってるから……。娘の大学の同級生が税理士でね。今、法律事務所の経理をやってるらしい。そこが司法事務を探してると聞いたから、君なら大丈夫だ」

「法律、事務所ですか……」

当然だが、そこには弁護士が在籍しているだろう。まあこの東京には、全国二万人を超える弁護士の半数近くがいるのだから、一万分の一の確率で会うことなど有り得ない。夏海は胸に浮かんだひとつの名前を慌てて追い払う。

「娘の同級生のご主人が弁護士さんなんだ。如月(きさらぎ)さんと言ったかな。君に書いてもらった身上書に私の推薦状をつけて送っておいたから……二、三日中にも連絡があると思うよ」

「気を遣っていただいて、本当にありがとうございます」

高崎には笑ってお礼を言うが、心の中は不安でいっぱいだ。資格はあるが経験はなく、それが三年前も就職に結びつかなかった。

(雇ってもらえたら良いのだけど……)

今度は行政書士としての経験があるから少しは就職に有利だろうが、夏海には他にもハンディキャップがある。どちらにしても、彼女にそう長い時間、ハローワークに通う余裕はなかった。

築数十年――昭和を思わせる古めかしい、良く言えばレトロなビルの四階に、高崎の事務所はあった。四階建てで、今時エレベーターも付いていない。客は二度目からは必ず、一階の喫茶店での打ち合わせを希望したものだ。

今日で、事務所の片付けも終わりだ。

所長が紹介してくれた再就職先から、連絡はまだない。入院中の所長にそれを言うのも躊躇われて……自力で探すしかないか、と思い始めていた。

もうほとんど仕事もないため、ゆっくりと出勤した夏海が事務所に入った時だった。

――カタン。

小さな音が聞こえ、目を向けると奥の給湯室から人が出てきた。

「安部さん？　どうして？」

それは二十年近くもパートの事務を務めたという安部昌子だった。夏海の軽く倍は、横に風格がある。四人の子どもを育て、七人の孫がいるという子育てのエキスパートだ。夏海にとって頼れる存在であった。

「ああ……なっちゃん、荷物を取りに来たら、お客様でね。お茶、出しておいたわよ。所長室のソファに通してあるから、後よろしくね」

「お客って？」

業務関係の引継ぎは全て終わったはずである。新規の客など論外だ。困惑する夏海に、安部は嬉しそうに言った。

「なっちゃんの再就職を所長に頼まれたって。弁護士さんって言ってたかな」

「ああ、わざわざ来てくださったのね。連絡がないから、身上書で落とされたんだと思ってたわ。採用されたら、明日からハローワークに通わなくて済むんだけど」

喜びより不安が先に立つ。弁護士というものに偏見を持っているのかもしれない。

「なっちゃんなら大丈夫よ。頑張って！」

安部の声援に笑顔で応え、夏海は所長室に向かう。それでも、微妙な違和感は拭えない。面接なら呼びつけるのが普通ではないだろうか。

夏海は戸惑いながらドアをノックし、中に入る。

「失礼致します。お待たせ致しました。行政書士の織田です」

一礼して正面を向いたとき、彼女の視線は凍りついた。

窓から差し込む朝日を背に、ひとりの男が立っていた。忘れたくても忘れられない男、一条聡、その人だった。

「随分久しぶりだな」

「何を……なさってるんですか」

悔しいが夏海の声は震えていた。会いたくなかった。この男にだけは、二度と、一生会いたくなかったのに。

「高崎所長の娘さんと、私の共同経営者である如月弁護士の妻は同級生なんだ。君の身上書を見せられたときは驚いたよ」

なんたる偶然、それも最悪だ。

何も、神様も一万分の一の確率で引き合わせてくれなくてもいいのに。夏海は頭の中で可能な限りの悪態を吐く。

「そ、うですか……。わざわざ、不採用を告げに来られたわけですね。ご苦労様です。では、お引取り下さい」

そう言うと夏海はドアのノブに手を掛けた。

しかし、聡が言い出したのは信じられない言葉だった。

「そうしたいところだが、司法文書を作成できる人間が辞めてね、人が居るんだ。君も急に仕事が無くなって困ってるんだろう？　うちで」

「お断りします！」

聡の言葉を遮り、夏海は即答した。

「なんだと！」

「あなたと一緒に仕事をするつもりはありません。どれだけ困っても、お断りします。お帰り下さい」

　手にしたノブを回し、夏海はドアを開いた。そのまま、聡が所長室から出て行くように無言で促す。

「なら裁判だな」

「は？　どういうことです」

「君の長男だ。非嫡出で認知もされてない。あのとき、妊娠したと言っていた子どもだろう。よくも勝手に産んでくれたな。父親は、私か匡の可能性もある。一条の血を引く子どもを、君の手に委ねられるものか！　ＤＮＡ鑑定を要求する！」

　心臓が早鐘を打つようだ。まさか、子どもを取り上げようとするとは。仮に夏海から認知を請求しても、聡なら無関係を主張して、夏海たち母子を追い払うとばかり思っていた。

「あの子はわたしの子どもです。あなたにはなんの関係もないわ！」

「それが科学的に立証されれば問題はない。そうでなければ、いずれ君が子どもの親権を盾に、財産を寄越せと言って来ないとも限らないからな」

「ふざけないで！　今までだってお金には困ってたわ。でも、どんなに苦労しても、あなたのお金だけは一円も要らない！　鑑定は拒否します。裁判にしたければしなさいよ。高名な企業弁護士の一条先生が、結婚直前にひと回りも年下の小娘を妊娠させて捨てたって明らかになるだけよ。それでも良かったらどうぞ！」

　三年前のように、聡の怒声に震えているわけにはいかなかった。夏海は毅然と顔を上げ、正面から聡を睨みつける。

しかし、聡の瞳も揺るがない。

触れると火傷しそうな、ドライアイスのような眼差しで見下ろしている。その奥には間違いなく、侮蔑の色が籠められて見えた。

「金目当ての女に引っ掛かったのはこれが初めてじゃない。笑われるのは慣れてるさ。司法に携わる人間には相応しくない、君のふしだらな下半身も同時に明らかになる。私や匡の子でなかったら、君の犯した罪を子どもが一生背負うことになるだけだ！」

「わたしの罪？　あなたの罪は誰が背負うの⁉」

「君のような女と関係した……その報いはすでに受けてるさ」

聡は夏海を睨み、吐き捨てるように言うのだった。

一条聡が彼女の身上書を手にしたのはその二日前のこと――。
派遣の秘書を入社六日目でクビにして、仕事が山積みのデスクを前に彼の機嫌は最悪だった。ちょうどそのとき、共同経営者の如月から司法書士が見つかったと報告を受ける。
「二十六歳、国立大学法学部卒……才媛だ」
（あの女と同じ歳だ）

そう思っただけで、聡の胸にキリで突くような痛みが走る。しかし、そんな偶然はあるまい。彼は軽く頭を振った。

「女か……男がいいんだが」

「行政書士の資格も持ってて、二年のキャリアがある。英語、フランス語、中国語が話せて、秘書検定も持ってるな……アレ、おい、元一条物産の秘書課勤務になってるぞ」

「!?」

聡はパソコンを放り出し、如月から身上書をひったくる。

「織田……夏海」

(先に名前を言え！)

聡は心の中で叫びつつ、胸の痛みは激しくなった。

「知り合いか？」

如月は不審そうな声を出す。

「ああ。匡の秘書で……愛人だった女だ」

「おいおい」

「なんで……こんな」

「えらい偶然だな」

「不採用だ。こんな女と仕事は出来ん」

そう言って身上書をデスクに投げ出す。それは書類の山を滑るようにストンと床に落ちた。如月は軽くため息を吐きながら拾い上げ、何気なく、聡が眩暈を覚えるような言葉を口にしたのだ。

「まあ、しゃあないな。でも、子どもを抱えて職探しはキツイだろうな」

「子どもだとっ！」

またもや、身上書をひったくった。

「お前なぁ」

家族欄を見ると、夫の名はなく『長男、悠（ひさし）』と記載されていた。

年齢は二歳。ということは、間違いなくあのときの子どもだろう。名前が変わっていないところを見ると、誰にも結婚してもらえなかったのか。或いは離婚したのかも知れない。聡はどうしても気になり、〝身体検査〟の名目で彼女の戸籍までチェックしたのだった。

二週間後、夏海は六本木にある複合商業施設を訪れていた。
その一角、高層オフィスビルの二十階、一条・如月法律事務所の入り口に立ち、深呼吸を繰り返す。
自分と子どもを捨てた聡の下で働く事には抵抗があった。

しかし、聡はよほど子どもを産んだことを怒っているらしく、彼の下で働かなければ裁判にすると言って聞かない。鑑定などしては、聡の子どもだと証明されるのは明らかだ。

だがそれは、他の男性とは関係していない、という証拠にはならない。

男として最低で人格に問題があっても、彼は一流の弁護士である。生活環境や財産を盾に、親権を奪われないとも限らない。

それだけは阻止しなければ――今の夏海にとって、悠は生きる全てだった。


三年前の五月、聡から一条社長に結婚の件を話すと言われて夏海は安堵していた。実を言えば、聡とそうなってから一度も生理が来ないまま、二週間も遅れていたのだ。

次に聡と会える日を心待ちにして、夏海は検査薬でチェックを済ませた。『陽性』の結果は未婚女性にとって不安の方が大きい。だが、このときの夏海は聡の愛を欠片も疑ってはいなかった。

そして意外にも早く夏海の部屋を訪れた聡に、彼女は思い切って告白する。

「あの……あの、ね。赤ちゃん、出来たみたい。最初の、ときの……あの」

夏海は俯いたまま、多分耳まで真っ赤だったと思う。彼も、瞳を輝かせて喜んでくれるとばかり思っていた。でも、喜びの声は聞こえて来ず……しだいに不安が募ってくる。

「ねぇ、なんとか言って……聡さん」

そして聡が口にしたのは、

「――誰の……誰の子だ？」

「え？」

「確かに、あのときは不用意に抱いた。私の可能性もあるだろう。だが、ほかに候補は何人いるんだ？　匡だけじゃないんだろう？」

何を言われてるのか判らなかった。「愛してる」と言って抱き締めてくれたのは、わずか二日前のことである。

「わたしには……あなただけです。だってあのときが」

「生理中だったのか？　上手く騙せたものだ。少し考えれば判るはずだった。経験のない娘があんな場所で、しかも初対面の男に身体を許すはずがない。私と匡と、どちらが有利か天秤にでも掛けていたつもりか？」

夏海の頭の中はパニックだった。信じていたのだ。聡の誠実さを疑ったことなど、一度もなかった。

「嘘、だったの？　全部、愛してるの言葉も、何もかも……わたし、あなたに弄ばれたの？」

「とんだ被害妄想だ。同じセリフを君に返すよ。君はたいした女性だ」

聡の瞳は夏海を映してなどおらず、そこには冷酷な闇が広がっていて、彼女の心を震え上がらせた。

そして彼は財布から金を引き抜くと、

「これでさっさと処分して来い。纏まった金は後で払う。それで二度と私や匡には近づくな！」

落雷のような罵声と共に、数十万の札束が夏海に向かって投げつけられた。

夏海はただ唇を噛み締め、何も言い返せず、ハラハラと舞い落ちる一万円札を見ていた。


死んでしまおうかと思った。

あのとき、お腹に子どもさえ居なければそうしていただろう。

聡に捨てられ、実家に帰った夏海だったが……妊娠が判ると父は激怒した。相手の名前も言わない夏海に、両親は堕胎を勧める。結局、彼女は家出同然に親元を後にし、ひとりで子どもを産んだ。

産むと決めた以上、会社は辞めるしかなかった。

上司である匡に相談しようかと思ったが、聡は匡との関係を疑っていた。兄弟がグルであったときが怖くて、それも出来なかった。

あの後、友人たちからは――。

『馬鹿ね。完璧にやり逃げのパターンじゃない！　どうしてお金をもらってさっさと堕ろさなかったの？』

『好きだったの。愛してたのよ……遊ばれたなんて、今でも思えない』

『現実を見なさいよ。妊娠が判った途端、弟とも関係があるって難癖つけてきたんでしょう？　誰にも知られず、遊べてラッキーくらいにしか思われてないのよ』

あの夜の聡が恐ろしく、夏海は自分から連絡が取れなかった。だが、聡への想いは消せず、子どもを殺すことなど出来ない。

そう言って産む事を選んだ夏海に呆れたのか、友人はみんな離れて行った。

それでも、夏海は聡を信じたかった。誤解だった、すまないと、聡が夏海を探し出し、迎えに来てくれる日を待ち続けたのだ。

彼女が臨月を迎え、いよいよ働けなくなったとき、産院の待合室で見た新聞紙の片隅に、彼の名前を見つける。

〝一条グループ社長の長男で弁護士の一条聡氏が結婚〟

そう、書かれていた。

相手は、あのお花見パーティの日に婚約者と名乗った女性、笹原智香だった――。

思いがけない初体験の後、短い時間で聡と再会し、ショックを受ける夏海の前にひとりの女性が現れた。

『私、聡さんの婚約者で笹原智香と言いますの。父は横浜で病院をやっておりますのよ。私たち仲良く出来ますかしら？』

まるで雷に打たれたように、夏海は心臓が止まりそうになった。

（わたし、婚約者のいる男性と関係してしまったの⁉）

そんな夏海の顔色に気づいたのか、聡は彼女の困惑を断ち切るように、慌てた様子で叫んだ。

『私は君と婚約などしていない！　誤解を招くようなことは言わないでくれ、不愉快だ！』

聡は心底迷惑そうに言い切る。その、あまりに辛辣な口調に、家族は唖然としていた。言われた智香も咄嗟に言葉が出ず、ただ口をパクパクしている。

そのまま、聡は火傷（やけど）するような眼差しを夏海に向けた。

結局、夏海は逃げるように一条邸を後にしたが、このときの強い否定はいつまでも耳に残っていた。

だからこそ、家まで会いに来てくれたとき、恋に不慣れな夏海は彼の言葉を百パーセント信じてしまったのである。


でも、あのときの否定は嘘だった。

夏海は、結婚前の遊び相手にされただけだったのだ。

悠はそんな彼女を絶望の淵から救ってくれた。悠のために必死で働き、生きてきたのに、なぜ聡は、今になって子どもの親権など求めるのだろう？

あのとき、自分を信じて身を任せて欲しい、彼はそう言った。運命の人と信じたからこそ、心も身体も許した、たったひとりの男性だ。そんな夏海の純愛を踏みにじり、我が子を殺せと命じて捨てた。あの男を憎む権利は、捨てられた母子のほうにあるはずなのに……。

それなのに、聡はまるで自分が傷つけられたように、夏海を射る様な視線で睨んだ。夏海を憎み、最愛の息子を奪い取ると言う。なぜここまで理不尽な扱いを受けねばならぬのか、夏海には全く判らない。

だが、『給料はこれまでの倍額』という提示に、夏海は妥協せざるを得なかった。

出産費用のローンがまだ数十万円も残っている。加えて、二歳児の保育料は負担が大きく、これからもどんどんお金は掛かってくるだろう。

聡から施しを受けるわけじゃない。司法書士として働いて、報酬を得るだけだ。国内トップと言われる法人専門の法律事務所だから、これまでより報酬が高いのも当然だろう。

このときの夏海に、断る自由はなかった。

「織田夏海です。司法書士の資格はありますが、これまでは行政書士として働いていたため実務経験はありません。精一杯やらせていただきますので、よろしくお願い致します」

丁寧に挨拶をして頭を下げる夏海は、それなりの拍手で迎えられたのだった。

一流企業ばかりが集まる高層オフィスビル――聡の事務所は、これまでの夏海の仕事場に比べると、恐ろしく快適でエネルギッシュな場所にあった。

かつて、秘書として一流企業に勤めていたときの緊張感が、夏海を包み込んだ。家を出る時に何着か持ち出した、その頃のスーツを引っ張り出して着たせいかも知れない。

聡の共同経営者、如月夫妻は、彼と夏海の関係を知っていた。夏海が事務所を訪問した際に、そのことを匂わされたからだ。

『子どもを抱えて大変でしょう？　病気のときは遠慮なく言ってね。なるべく融通を利かすから。うちも三人いるからよく判るのよ』

警戒気味の夏海の緊張を解すべく、如月の妻、双葉が親身に声を掛けてくれた。

彼女は夫より一歳年上だという。事務所の経理を一手に引き受けながら、十三歳を頭に三人の子持ち。とてもそうは見えないほど、若々しく快活な女性だった。

如月修弁護士は、聡と同じ三十八歳で大学も同じだ。双葉とは学生時代からの付き合いで、デキ婚だと笑って話してくれた。少し馴れ馴れしい感じはするが、決していやらしさに繋がらない。温かな雰囲気の男性だった。

妙に構えていて、ヤマアラシのように刺々しい聡とは大違いだ。

事務所には他に、検事から転向した五十代の武藤弁護士や、入社二年目で夏海と同年代の安西弁護士がいた。

庶務を引き受ける西清子は六十歳近くで、開業当初から十年以上勤めているがパートだという。高崎の事務所で同僚だった安部と同じ世代で、夏海は親しみを感じて話し掛けたが……逆に『未婚の母と聞きました。そういう方は、法律事務所には相応しくありませんね』と、アッサリ言われてしまった。

だが、それで挫けていては、シングルマザーは務まらない。夏海は『認めていただけるように頑張ります』と笑顔で返したのだった。

それぞれの弁護士が、秘書代わりに派遣社員を雇っていた。しかし、聡には誰もついていない。司法文書の作成に雇っていた司法書士の女性も、二週間ほど前に辞めたという。

両方とも、原因は聡にあった。

「一条先生が片っ端からクビにするんだもの。勘弁してほしいわ」

そう教えてくれたのは、事務所に入って半年目の永瀬唯(ながせゆい)だ。ギリギリ二十代の彼女は、半年前まで中小企業の社長秘書だった。しかし、不況で会社が倒産して、派遣に登録したのである。今は、武藤弁護士に付いているが、さすがに仕事は手早い。

「私と同じときに入って、一条先生についた子は十日で辞めちゃったんだから」

この半年で五人の派遣秘書がお払い箱になったという。長くて一ヵ月……つい先日、なんと十日だった最短記録が、六日に更新されたそうだ。

今は当然のように派遣の三人が交代で聡の手伝いに回されている。だが、彼には全員が辟易(へきえき)しているようだった。

如月弁護士についている三十歳の主婦、三沢桃子(みさわももこ)と、若い安西弁護士についている三十二歳でバツイチの中根美里が声を揃えて言う。

「最初はね……ひょっとしたらなんて、期待したんだけど、ね」

「そうそう、若い子は片っ端から追い出すから、一条先生って年増好み？　とかね」

（そんなはずないわ。遊び相手はころっと騙せるような若い女を選ぶはずよ。わたしみたいな……）

派遣たちの笑い声を聞きながら、夏海はそんなことを考えていた。

聡は非常に慎重な男である。間違っても、妻がいながら事務所の女性と不倫など考えられない。三年前はそんな彼を『誠実な人』だと思っていたのだから、愚かにもほどがある。裏でコソコソと、一回りも年下の女と火遊びを楽しむ程度の男だったのに。

「仕事は厳しいわ、冗談のひとつも言わないわ、おまけにあれほどの女嫌いなんて……ねぇ」

「年収一億の独身だから、若い子はみんな目の色を変えるんだけどね」

その言葉に夏海はハッとなる。

「独身？　そんな馬鹿な……三年前に結婚されたんじゃ」

「え？　そうなの？　でも独身よ。少なくとも今は。派遣はみんな二年も経ってないから、三年前のことは判んないな」

「そう、なんですか……」

「何？　何？　織田さんも一条先生を狙ってるクチ？」

「いいえ、まさか！　あんな……」

最低な男、と言いかけて慌てて口を噤（つぐ）む。

何もかも知らん顔で、自分ひとりだけ幸せになろうなんて、そもそもムシが良過ぎたのだ。離婚したとしても当然だろう、と思う反面……。

三年前は、穏やかで春の陽射しのような笑顔を見せてくれたのに、今の聡は凍てついた氷の城の住人のようだ。いったい誰が、彼をあんな風に変えたのだろう。

「ねぇ、織田さんて子どもがいるんですって？　幾つ？　離婚したの？」

そんな、ゴシップ記者さながらの質問攻めを、微妙な笑顔でかわしつつ、夏海は初めて知った聡の離婚に、心が揺れるのを感じていた。

「織田夏海ちゃんねぇ。お前の言うような、毒婦には見えないがな」
如月と聡は、所長室側の窓からフロアの様子を見ていた。如月は、ブラインドの隙間を押し下げ、覗きながら聡に問い掛ける。
「で、なんで採用してきたわけ？」
「言っただろう。彼女の息子は、私か匡の子どもかも知れないんだ。このままにはしておけない」

「どうする気だよ」

「私の監視下におきたい。匡は半年前に結婚したばかりだ。もし、隠し子なんてことになったら……。奴の家庭を壊すことだけは避けたい」

「気持ちは判るが、本当にそうなのか？」

「可能性だ」

「でも、この三年、何も言って来なかったんだろ？」

「実際、誰だか判らないに決まってる。私だったらいいが……もし……」

三年前、夏海と縁談が持ち上がった匡は、昨年秋に結婚した。妻の由美（ゆみ）は現在妊娠五ヵ月、秋には出産予定だ。両親は、ようやく初孫を抱けると狂喜乱舞している。

そのおかげで、やっと聡も実家に顔が出せるようになった。

このまま行くと、匡が父の後継者に決まりそうで、一条家全体が、ようやく一息つきかけた所だったのだ。

夏海の子どもは男の子だ、ここでもし、匡の隠し子の存在が明らかになれば……。

やっと落ち着いた匡もどうなるか判らない。たとえ、自分が防波堤となってでも夏海を匡に近づけるわけにはいかない。

「でも……お前の子どもの可能性もあるわけだな。ってことは」

「判ってる、それ以上は言うな」

苦い顔で如月の言葉を遮り、彼の視線から逃げるように聡は来客用のソファに腰掛けた。

彼女と関係したのは一ヵ月間だけだ。それも、最初のクローゼット以外、全て避妊は怠らなかった。あのときの出血が女性特有のものなら、クローゼットでのセックスで妊娠した可能性は低い。

自分の子どもでない確率のほうが高いと思うと、なぜかため息が出た。決してホッとしたわけでなく、むしろ……。

「私は、あの女だけは許せない。長い迷宮から抜け出した私を、再び突き落としてくれた。もし、子どもが一条の血を引いていたら……彼女から奪い取って、私と同じ苦しみを味わわせてやる！」

あの日……夏海が聡に捨てられた日。

聡は父の帰りを待って、夏海との関係を告げる気でいた。

ところが、成城の実家に戻ると父の書斎には先客がいた。弟の匡が、父と揉めていたのである。

そもそもの原因は、匡がその年の初めに起こした例の不始末だ。それが明らかになれば、匡を後継者として会社に残すのは難しくなる。父は悩んだ挙げ句、入社試験で目をつけ、密かに匡の花嫁候補として考えていた夏海との縁談を一気に進めたのだった。

父にも匡にも申し訳ないと思う。だが、聡にとって夏海は運命の相手で、離れることなど考えられない。すぐにも結婚したい、最愛の女性なのだ。

　ふたりが揃っているのならちょうどいい。纏めて話してしまおうと、聡が書斎の前に立ったとき――。

『じゃあお前は……織田くんとは以前からそういう関係だったのか？』

『まあね。そう珍しいことじゃないよ。秘書と遊ぶくらい』

『しかし、彼女はそういう女性じゃないだろう』

『父さんが古いんだ。今時の女子大生がどれほど遊んでるか……彼女も例外じゃない』

　父にすれば、受け入れ難いことだったようだ。

だが、匡は以前から秘書に手を出していた。秘書以外の女性とも、小さなトラブルくらいしょっちゅう起こしている。

　夏海だけは違うと思っていたところに、彼女も例外ではない、と匡は言う。

『彼女は、キャリアアップを目指してて……セックスは楽しむタイプなんだ。だから、結婚とか言われて困ってるよ。断りたいって言ってたなぁ。クビにしたりしないよな？』

　夏海はすでに縁談を断ってきている。もう一度考えてくれと言ってあるが、まさか、匡を通して伝えてくるとは思わなかった。それが事実なら、息子の結婚相手には相応しくないと言わざるを得ない――といったところだろう。

　まさか、それが三男坊の策略とは誰も思わない。

　このやり取りに聡は心の底から驚いていた。

彼は部屋に戻ってきた匡を待ち伏せ、詰問する。そして匡の口から出た言葉に驚愕したのだった。

『彼女ってさ、ああ見えて結構積極的なんだぜ。重役室のソファでもしょっちゅうだよ』

聡は俄に信じられず、翌朝、一条物産の本社に勤める高校時代の同級生を訪ねた。

その友人が口にした言葉は、

『ああ、常務と秘書の関係ね。随分派手に楽しんでるみたいだな。でも、彼女、海外事業部にも男がいるって話だよ。ああ、そういや経理課長との不倫の噂も耳にしたことがあるなぁ』

聡の友人は、『常務とお楽しみの秘書』の噂を正直に答えたのだ。

一条物産では重役に付く秘書はひとりと聞いていた。まさか社長命令で、常務の匡にだけ第二秘書がいるとは思わない。

聡は『また騙された』と思った。

彼は二十一歳のとき、女性に騙され結婚し、散々な目に遭っていたからだ。真面目過ぎる性格が災いし、彼は離婚から十年以上女性なしで過ごした。女性の身体に欲求を感じることもなく、まるで修道士のような生活だった。

そんな彼が、心と身体を一気に動かされたのが夏海なのだ。

ただ、常に彼の心を蝕んでいたのが、最初の結婚で味わった挫折感と、女性に対する失望。聡は過去の経験により、女性に騙される、ということに過剰な反応を示してしまう。

怯えた野生動物のように夏海を跳ね除け、傷つけられることを恐れて先制攻撃をした。騙されたわけではない、とムキになって否定した挙げ句、愛してもいない相手との結婚を決めたのである。

しかし、それは手痛いしっぺ返しとなり、聡の名誉も立場も貶めることとなる。

夏海がどん底を味わい、悠の誕生によって救われていた頃、聡も再び人生に躓いていた。

だが、彼に救いの手はなく、未だ底辺をさすらい続けていたのだった。

夏海が働き始めて数週間が過ぎたある日のこと——。

「私、如月先生の秘書と言われたんです！　これ以上、一条先生の仕事もしないといけないなら、辞めさせていただきますっ！」

主婦で派遣の三沢桃子が、半泣きで副所長の如月に直訴した。

「両方の仕事をしてるんですよ！　それなのに……アレも出来てない、コレも充分じゃないって。そんなに優秀なら、秘書なんか必要ないと思います！　ご自分で全部やられたらどうですかっ⁉」

他の派遣は興味津々で覗き込んでいる。如月が視線を移すと、サッと目を逸らせた。誰も、貧乏くじは引きたくないと思っているからだ。

如月にもそれが判るので、深くため息を吐いた。これで何人目だろう？　数えるのも煩わしくなる。確かに、そのうちの何人かは、上司である聡に叱られたらブラウスのボタンを外してごまかそうとするような連中ではあったが。

だが、今回は違う。

原因は苛々している聡にあり、その苛立ちの理由も明白だった。

如月は意を決して夏海に視線を向け、「織田くん。悪いけど、一条の秘書を兼任してくれるかな？」と言いつつ、出来る限りの笑顔を作る。

「いえ、それは困ります！」

「だったら、秘書なんかいらん！」

ふたりの声が重なった。

「我がままを言うんじゃない。秘書は必要だろう」

如月は子どもに説教するように聡に言い、次に夏海に向き直った。

「雑務は他に分担して、業務管理とサポートだけでもお願いしたい。ワード打ちの清書だけなら、司法書士でなくても出来るしね。それなら、三沢くんもかまわないだろ？」

如月の妥協案に三沢の表情が変わった。頭の中で計算しているようだ。このご時世である、他所より明らかに給料の良い派遣先を、自ら辞めたくはない、というのが本音だろう。

「如月先生の秘書に戻していただけるなら……。私では、一条先生のご期待には応えられませんから」

承諾しつつも、嫌みだけは言い足りなかったようだ。

聡も自分のせいという自覚があるのか、反論せずに黙っている。

「じゃあ、そういうことで。織田くんは、奥の所長室の次の間で業務を頼むよ」


人当たりの良い如月に、ソフトな口調でお願いされたら、夏海もノーとは言えない。ホッとした表情で荷物を引き上げる三沢とは対照的に、夏海は重い足取りでフロア左奥の所長室に向かうのだった。

ひとつ目のドアを開けると六畳程度の個室があった。所長室はその奥だ。

個々に抱える仕事は多いが、規模からいえば、それほど大きな事務所ではない。弁護士には個室があるが、派遣をはじめ事務は全て正面の事務フロアで行っていた。

副所長である如月の部屋は、所長室とは事務フロアを挟んだ対面にあり、次の間は、秘書ではなく、経理で如月夫人の双葉が使っていた。

夏海は秘書のデスクに座り、いざ仕事に掛かろうとして唖然とした。聡が一番仕事を抱えているのは知っている。だが、管理が全く追いついていない。デスクもパソコンも、全てが中途半端なまま雑然としていた。どうやら聡が次々に秘書を追い出すため、仕事は溜まる一方らしい。後回しにしても無難な案件をまとめたファイルは、数ヵ月前の案件が放り込まれたままである。

「さっさと済ませてくれ」

聡は彼女を一瞥もせず、いかにも面白くなさそうな声で言う。

「ご冗談でしょう？　これをさっさと済ませられる量かどうかお判りにならないなら、弁護士の看板は下ろされたらいかがですか？」

売り言葉に買い言葉で、ついつい夏海も喧嘩腰になる。

しかし、それは聡も同じのようだ。

「自分の能力のなさは棚上げか？」

「わたしはいつ、秘書としてこちらに雇われたんでしょう？」

「クビにすることも出来るんだぞ」

「されたらいかがです」

室内に火花が飛び散った。

「……なるほど、三年前は見事に猫を被っていたわけだ。それが君の本性か？　恐れ入ったな」

いい加減、夏海も限界を超えそうだ。

「また、それですか？　あなたが、何をおっしゃりたいのかさっぱり判りませんが……。わたしは三年前、ひと回り年上の男性に騙されて、妊娠した挙げ句に捨てられました。結婚が決まっていたなんて知りもせず。――子どもには可哀想なことをしました」

夏海は遠くを見るような目をした後、ハッキリとした口調で本心を告げたのだった。

自分に一切の非はない。

そう言わんばかりの夏海の態度に、聡はこれまで以上の怒りを覚えていた。

「私に対する面当てなら、見当外れもいいところだ。だったらＤＮＡ鑑定を受けようじゃないか。私はかまわない」

「鑑定は拒否します。あなたは息子とは無関係です」

「なら、そんな当てこすりは不愉快だ！」

「わたしの本性を問われましたので、お答えしたまでのことです。――それとも、一条先生は女性を弄んで捨てた経験がおありですか？」

正面からキッパリ言われ、聡には言い返す言葉もない。

弁護士顔負けの誘導尋問に、心の中で舌打ちした。

これほどまで頭の切れる女だとは思っていなかった。父や弟から夏海は優秀だと聞いてはいたが、聡は夏海の恋する乙女の部分しか知らなかったせいでもある。

聡は即座に話を切り替えた。

「そっちがひと区切りついたら、口述筆記に当たってくれ。速記は？」

「出来ます」

その後、ふたりは視線を合わすことなく、個人的な会話はそれぞれの思惑で控えた。

所長室に戻り、聡はデスクの椅子に腰掛け……無意識でノートパソコンを開き、すぐに閉じる。ドアの向こうが気になり、どうも集中出来ない。

（あんな、生意気な女だったとは……）

それは、確かに不愉快な応対ではあった。

しかし、打てば響くような夏海の反応に、聡は不思議な心地良さも感じていたのだった。

その後、一触即発の状態をどうにか回避しつつ、ふたりは仕事にあたっていた。

「織田くん。どう？　意外といいコンビじゃない、君と一条は」

休憩時間にデスクではなく、給湯室でコーヒーを飲む夏海をどう思ったのか、如月は話しかけてきた。

「……そうでしょうか？」

夏海は、とてもそうは思えませんが、という言葉を呑み込む。

今にしてもそうである。隣の部屋に聡がいると思うとどうにも気詰まりで、結果、給湯室に逃げてきたのだ。

だが、機転の利く如月のことだ。わかっていて夏海にこんなことを言っているのだろう。

如月夫妻は初日からフレンドリーに話しかけてくれ、夏海だけでなく、息子のことも気遣ってくれる。聡から過去の経緯を聞いたはずだが、ふたりともそのことに触れたりはしない。

数日前、如月が出張のお土産を悠にも買ってきてくれたときは、涙がこぼれるほど嬉しかった。父親のいない子どものことを不憫(ふびん)に思ってくれたのだろう。たとえ同情からの親切でも、夏海はありがたく感謝することにしている。

ただ、当の父親は何処吹く風ではあったが……。

「でも、あまりに辛辣な一条先生の口調には驚きました。わたしにだけでなく、お客様に対しても……」

聡が夏海のことを知らなかったように、夏海も聡の極々プライベートな男の顔しか知らなかった。

企業弁護士としての彼は、クライアントに対して、どっちが客か判らないほど横柄な態度で注文をつける。さらに少しでも違法行為があれば、問答無用で契約を切ってしまう。結果――なんと、企業側が聡に折れる様相を呈すのだ。

夏海が呆気に取られたのはそれだけではない。

聡は山のように仕事を抱え、朝から晩までひたすら働いている。接待などで飲み歩くこともほとんどなく、趣味も全くないようだ。ゴールデンウィークも『世界中が休みになるわけではない』と、聡だけ出勤するという。

聡は夏海にも容赦なく厳しかった。

司法書士の仕事とは別に、個人秘書としての仕事を、それもハイレベルで要求してくる。その要求の多さと高さに、さすがの夏海も文句のひとつも言いたくなる。

『わたしは司法書士として雇われました。秘書としてのお給料はいただいてませんが』

『金を払えば両方出来るとでも言いたげだな』

『可能か不可能かと言われたら可能ですが、お断りします。定時で戻りませんと、保育所のお迎えに間に合いませんので』

『言い訳があって結構なことだ』

一事が万事この調子で、全てにおいてケチをつけてくる。

ただその点は、如月も答え難そうだ。

「なんか昔、色々あったって聞いてる。詳しいことはわかんないんだけどね。奴の荒れてる原因とか……」

夏海はそれとなく探りを入れられているように感じた。三年前のことを、夏海の口から聞かせて欲しい、と。

でも、答えは決まっていた。

「さあ、わたしが知りたいくらいです」

夏海にすればそれが本音だ。

嫌みにも思えたが、つい余計な言葉も付け足してしまう。

「一条先生がご自分で選ばれたんです。ご結婚されて、幸せな家庭を築いておられるんだとばかり思ってました」

　如月は苦笑しながら、

「成田離婚ってヤツかな。式を挙げて、新婚旅行に行って……帰国後、そのまま花嫁は実家に戻った。入籍はせずじまいじゃないかな。離婚相当の慰謝料を払ったらしいけどね」

「一条先生が払ったってことは、先生から離婚を言い出されたってことですか？」

「というより、離婚原因が一条の側にあったってことかな。これ以上は言えないけどね」

　知らない、ではなく、言えないという言葉に、夏海は如月に対する信頼を深めた。

「如月先生は、一条先生から色々聞いておられるのでしょう？　それなのに、わたしに酷いことはおっしゃらないんですね」

　夏海の直球に如月は目を丸くしたが、すぐにいつもの笑顔に戻る。

「詳しいことはホントに聞いてないんだよ。ただ、俺も弁護士だからね、自分の目で見て、確かめたことしか信用しない。俺の目に君は、ひとりで子どもを育てながら懸命に働いている、仕事っぷりも一人前以上の、立派な自立した女性だよ」

　夏海は如月の言葉に、思わず涙が込み上げて来た。この三年間、人の優しさに触れたのは数えるほどだ。如月の評価に『尊敬』の文字が加わった。

「如月先生は弁護士の鑑（かがみ）みたいな方ですね。公平で公正で、奥様が羨ましいです」

「いやいや。じゃあ嫁さんに逃げられたときは後妻になってくれる？　一気に三人、いや、四人の母親か……どう？」

「えっ？　えっと……奥様に逃げられないように頑張って下さい」

他愛のない冗談に、ふたりは声を上げて笑った。如月だけでなく、真面目で控え目な夏海は、確実に職場のみんなに受け入れられて行くのだった。

もちろん、ただひとりを除いて——。


「如月の人の良さにつけ込む気か？」

「は？」

休憩が終わった途端これだ。すぐに、アレコレ難癖を付け始める。

「如月は親友だ。奴の家庭を壊すような真似をしたら、私は君を許さんぞ」

開いた口が塞がらない、とはこのことだろう。しかも悪趣味な冗談ではなく、聡は本気で疑っていた。

「意味が判りません。それは、わたしと如月先生が不倫関係になった場合を想定してのご心配ですか？」

「君ならやりかねんだろう」

言いがかりも甚だしい。夏海はムッとした表情で言い返した。

「侮辱もいいところですね。同じセリフを人前でおっしゃれば、名誉毀損で訴えますよ。ですが、もし仮に、私が如月先生と不倫関係になったとしても、一条先生に許していただく理由などありませんが」

そこまで言うつもりはなかった。しかし、怒りの余り、ついつい喧嘩を売るようなことまで口にしてしまう。

次の瞬間、聡の青ざめた顔が一気に紅く染まった。激昂して血が逆流したかのようだ。目も血走っており、一瞬、髪の毛まで逆立ったような錯覚に夏海は捉われる。

「如月に気があるのか⁉」

幸い、奥の所長室の声は事務フロアまでは聞こえない。だが、それにも限度がある。これ以上大声を出されたら、間違いなく筒抜けだ。

聡の問いに『ない』と答えればいいのだが、ついつい夏海に対抗心のようなものが首をもたげた。

「そうですね、三年前にわたしを騙した男より、よっぽど優しくて親切で素敵な男性ですから、如月先生は……」

言い終わらないうちに、グイッと夏海の身体が引っ張られる。聡は夏海の言葉を遮り、彼女の右肩近くを摑んで自分の前に引き寄せたのだ。

「如月を誘惑したらタダじゃ済まさない」

押し殺したような低い声が、耳から心臓に直接響き……夏海の鼓動が速まった。

「わたしの……誘惑に乗るような、愚かな方じゃないと思いますけど」

聡に負けたくなかった。視線を逸らしたら負けを認めるようで、彼女はわざと睨みつけた。しかし、声の震えは隠せない。掴まれた腕を振り解こうと力を入れるが、逃がすまいと、聡も本気で掴んでいるようだ。思わず、『痛い』と声が出そうになる。だが、意地でも言うまいと夏海は口を結んだ。

「それは……私が愚か者ということか」

聡の声も震えていた。

睨みあったふたりの瞳は、しだいにその距離を縮め……。

「とんでもない。三年前に誘惑されたのは、わたしのほうですから。でも、今のわたしはもう、そんな愚か者じゃありませんけど」

「――そうか」

息の届く距離で聡の声が聞こえた。

直後、聡の双眸が目の前に迫ってきて……。

突然のことに、頭の中が真っ白になる。夏海自身は瞳を大きく見開いたまま、ふたりの唇は重なっていた。

しだいに、許せないという感情が込み上げてくる。

突き飛ばして逃げなければ、夏海の理性が警告を発する。

それなのに……。

抵抗するために掴み返した聡の両腕を、夏海は放すことが出来なかった。気が付くと、夏海自身も瞼を閉じて聡のキスを受け入れてしまったのだ。

キスは少しずつ熱を帯びてくる。

恋に落ちた、最初のキスのように。

「……このまま続けると、クローゼットの再現になりそうだな」

そんな聡の辛辣な口調に、夏海はハッとして我に返った。最後の理性で聡を押し退け、思い切り彼の頬を叩く。

乾いた音が所長室に広がった。

「わたしは……あなたの愛人じゃないわ!!」

今度は夏海の頬が真っ赤だ。それが怒りのためだけとは言い切れないのが悔しい。

「そうかな？　君の秘書の仕事には、こういうことも含まれてるんじゃないか？」

聡の真意が判らず、夏海は彼を言い負かすことに必死だった。

「道理で、今までみんな辞めて行ったはずだわ！　あなたは秘書にこういった仕事も要求するんですね。とんだセクハラ弁護士だわ！」

すると、夏海の思惑通り、聡は声を荒らげて反論した。

「私は秘書にそんなものは求めない！　匡とは違う！」

「二度とわたしに触れないで！　今度あんな真似をしたら弁護士会に訴え出るわ！」

「やれるものならやってみろ！」

直前までの熱気とは別の熱が沸点まで達し、ふたりの怒鳴り声は事務フロアまで響き渡った。

◇　◇　◇

恐ろしいほどの吸引力だ。

聡は席に戻ったが、先ほどの興奮が冷め遣らず仕事にならない。悔しさのあまり、彼は歯軋りした。

（――夏海のことは絶対に思い出すな）

この三年間、毎日のように考え続けた言葉だ。

最初の妻、美和子に裏切られたとき、聡の気持ちは急速に冷めて行ったように思う。彼の心に残ったのは、愚かな自分に対する怒りだった。

もう十七年も前になる。

大学三年の冬に五歳年上の遠藤美和子と知り合った。

スキーで骨折して入院した病院のナースで、献身的な介護に惹かれ、退院と同時に付き合うようになった。

中学・高校と男子校に通い、真面目で勉強一筋の十代を過ごした聡にとって、美和子は初めての女性だ。大人の女である美和子の身体に惑わされ、彼はそれを愛情と信じ、出会って三ヵ月でプロポーズした。

聡は、両親の反対を押し切り、春休みには入籍し一緒に暮らし始める。

初めての恋に浮かれる聡に、当時から親友だった如月も忠告したが、聞く耳など持つはずもなく……。

結婚して間もなく、聡はハーバード大学のロー・スクールに入学が決まった。

当然のように、美和子にニューヨークへの同行を求めたが、

『私はナースの仕事が続けたいの。離れていても心は妻だから、あなたのことは信じてるわ』

聡は、その言葉に感激し、二年で戻ると約束して単身渡米したのだった。

彼は非常に誠実な夫だった。渡米後も、金髪女性の誘惑には見向きもせず、ひたすら勉強と仕事に励む。ところが、渡米から半年後、そんな彼のもとに一条家の顧問弁護士経由で、離婚届が送られて来たのだった。

驚いて妻に連絡をすると、

『あなたのご両親がどうしてもって。私の実家の親にお金を積んで、両親がそれを受け取ってしまったから、離婚届にサインしなければならなくなったの』

泣きじゃくる彼女を必死で宥め、怒り心頭の聡は急遽帰国した。

『離婚はしない。彼女の親に幾ら渡したんだ。僕が全額払う。二度とこの家には帰らない！』

実家に戻るなり、両親に宣言する。

だが父は「別れろ」の一点張りで、まるで要領を得ない。

見かねた顧問弁護士は、聡を呼び出すと、信じられないことを言い出したのだった。

『実は……奥様は、たびたび一条家を訪れ、お金の無心をなさっておられます。聡様に恥をかかさないため、聡様のためだとおっしゃって。お母様は聡様を慮(おもんぱか)って、かなりの金額を融通されておられたようですが』

……その金額に聡は驚きを隠せなかった。

当時の聡は中学時代に始めた株式の売買で生活費を稼いでいた。その頃には株主配当を含めて年齢不相応の利益を上げており、それは美和子が生活に困る金額ではなかったからだ。

『聡様の渡米後は金額も大きくなり、お母様も隠しきれず……とうとう社長のお耳に。社長は奥様の身辺調査を命じられまして』

『そんな馬鹿な……生活に必要な金は充分に渡している。第一、小遣いなら自分の給料もあるはずだ。デタラメだ！』

必死になって妻を庇うが、そんな聡の前に、弁護士は調査会社の社名が印刷された封筒を差し出した。

『身辺調査は、聡様には残念な結果でした。社長はこのことを聡様には知らせぬように、と。奥様は、かなり高額の慰謝料と引き換えに、離婚届に判を押されました』

聡は手にした封筒の中身を見ることが出来ず、無言で席を立つと自宅マンションに向かった。

妻に帰国の連絡は入れていない。疑いはすぐに晴れる。

そんな思いで自宅に足を踏み入れた。

玄関にあったのは、見覚えのあるハイヒールと……見覚えのない男物の靴。

リビング、ダイニングと廻るが姿はない。そのとき、男女の声が聞こえた。そこは夫婦の寝室だった。

『旦那の実家はすげえ金持ちなんだって？』

『まあね、おまけに長男だし、成城に豪邸があるのよ。それなのに、長男の妻である私がこんなマンション住まいなんて信じられる？　少しくらい融通してもらって当然じゃない！』

昨日、電話越しに聡が聞いたのは、絶望に打ち震える妻の声だった。

『父親がポックリ逝ったら大金が転がり込んでくると思ったのに。会社は継がない、財産は放棄して弟たちに譲る、なんて言うのよ。お金がなきゃ誰があんな坊や相手にするのよ。もらうものもらったら当然、ポイね』

そして、年下の夫を嘲笑う声も、妻のものに間違いなかった。

聡は軽く眩暈を覚える。

『ま、世間知らずの坊やなのは確かだな。女房を置いて、アメリカくんだりまで行くんだもんなぁ』

『二年待ってくれ……ですって。あーあ、もっと楽が出来ると思って、童貞坊やにも我慢して手ほどきして上げたのに。アレでホントに私が感じてるって思ってるんだから、笑っちゃうでしょ？　ま、おかげで好き放題やれたけど』

『大女優だな』

『ベッドの上では、ね』

声が止んだ直後、中から聞こえてきたのは……愛し合う男女の声だった。

愚かにもほどがある。美和子は結婚直後に仕事を辞め、夜勤と称して夜遊びを繰り返していたのだ。見事、女に騙され、父親に大きな借りを作ってしまった。金は返しても、親子の関係が修復されるにはかなりの月日を要し、双方の心に深い傷を残したのだった。


そんな傷を癒してくれたのが夏海との出逢いだ。

離婚直後の聡は自棄になり、愛情のないセックスに身を投じた。

だが、そんな不本意な行為に悦びが伴うはずもなく。やがて、彼の下半身は女性になんの興味も示さなくなった。そしてそのまま、なんと十年以上も女性から遠ざかってしまったのだ。

夏海は、死にかけた男の本能を呼び起こし、火を点け、そして、惨めに捨て去った。

聡が本命であったなら、妊娠を盾に実家まで乗り込んで来ただろう。それもせず、姿を消したのがいい証拠だ。彼女にとって、自分は有利な手駒のひとつに過ぎなかった。それを認めることは、死ぬほどの苦しみだったのだ。

そんな思いを抱えて、夏海と再会した。

そして、憎しみを新たにしたはずが……。

三年前は知らなかった夏海のワークスタイルを目にすることで、聡の疑問は膨らむ一方だ。これまで雇った秘書で、夏海ほどのレベルを満たしたものがいただろうか。司法書士としての仕事の片手間でこれである。

そういえば、夏海が一条物産を辞めた後、匡は随分仕事の愚痴をこぼしていた。当時はそれを、愛人がいなくなったことの不満だろうと、さらなる怒りを感じたものだ。

しかし判らない。これほど優秀な彼女がなぜ、身体で男を選ぶような真似をしたのか。

そして、今日のキスだ。

彼女は確かに応えてくれた。

それは、三年前と同じように彼の心と身体に火を点けた。夏海の唇を味わい、身体に触れ、その香りを嗅いで……。

聡は仕事中であるにも関わらず、危うく反応しそうになった。

「——そんな馬鹿な」

両手を組み、デスクに肘を突くと拳を額に押し付ける。

夏海を忘れるため、何より、女に騙されてなどいない、と自分自身を偽るために、聡は智香との結婚を決めた。

今になって思えば、あれは愚行の極みだった。

結果、二度目も失敗となり、聡は知人や親戚中から嘲笑の的になる。両親にも恥を搔かせ、彼は再び実家に戻れなくなった。

以降、女嫌いに拍車が掛かっている。クライアント相手でも愛想笑いすらしなくなった。毎日毎日ひたすら馬車馬のように働き、遊ぶこともせず、休暇も取らず、如月の目には病的に映っているようだ。

仕事中毒症――いや仕事依存症なのかも知れない。

不幸中の幸いは、両親が聡に縁談を持って来なくなったことくらいか。

それはそれでありがたかったが……三十八歳とはいえ男は男である。複雑な思いでドアに視線を向けた。

その向こうには夏海がいる。

やるせない感情に心を揺さぶられ、軽く目を閉じる聡だった。

# 第二章　息子

五月五日、子どもの日のパーティが如月邸で行われていた。

それに夏海は、息子の悠と一緒に招かれたのだった。

如月夫妻には、中学二年の長男、小学六年の長女、五歳の次女の三人がいた。

夏海は子どもを産むときに実家を出たきりである。悠には父親だけでなく、祖父母もいない。当然、端午の節句を祝ってくれるような人間もおらず。そのことに気付いた双葉が、夏海親子を呼んでくれたのだった。

自由が丘にある如月邸は、一条の実家ほど大きくはない。だが、必要十分な愛情に包まれた『家庭』と呼ぶに相応しい、温かな家だった。

そしてその空間に、恐ろしいほどの違和感を漂わせる人物がひとり……一条聡だ。

「どうしていらっしゃるんですか？」

顔を見るなり、険を含んだ声で夏海は問い質した。

「私が友人の家に居たら悪いか？」

「いえ……ただ、今日は子どもの日のお祝いですから。一条先生には、関係のないことだと思いまして」

「……たまたまだ」

聡は視線を逸らし、居心地が悪そうに答える。

夏海にすれば、聡と悠を会わせたくなかった。出来るなら一生、一条家の人間には会わせたくないと思っている。

理由は一目瞭然というヤツだ。玄関に一歩足を踏み入れたとき、如月夫妻は口を押さえて呻いた。それほど、悠は父親にそっくり……まさに縮小版コピーだった。

だがせっかくの好意を無下にも断れない。それに、連休と言ってもどこにも連れては行けなかった。息子に少しでも楽しませてやりたいと思う母心だった。

如月夫妻であれば、夏海が頼めば聡に余計なことは言うまい、そう思っていたのに。まさか、当の本人を呼んでいるとは思いもしない。

そして聡は、悠の顔を見た瞬間、見る見るうちに真っ青になった。如月家の子どもたちの後を必死で追いかけ、走り回る悠の姿を固まったようにみつめ続けている。

パーティも終わりに近づき、後片付けを手伝う夏海のもとに悠は駆けてきた。

「ママぁ！　ゆうくんね、ほしいの。コイさんほしいの」

正確には『ひさし』だが、普段は『ゆうくん』と呼んでいる。悠も母親の真似をして、自分のことを『ゆうくん』と呼んだ。

如月家の庭には大きな鯉のぼりが立ててあった。一方、夏海が悠のために買ってやったのは、ベランダや窓の手すりに取り付けるタイプである。親子の住むコーポは六畳一間と四畳半のキッチンしかない。大きな鯉のぼりを窓に付けると、隣近所から邪魔になるとクレームがくる。そのため、一メートルくらいのサイズが精一杯だった。

「ゆうくんも、鯉のぼり持ってるでしょ？」

「おっきいのほしいの！」

悠は、目を輝かせて訴える。

「ゆうくんが大きくなったらね。勇気くんは大きいでしょ？　ゆうくんはまだ小さいから、小さい鯉のぼりでいいのよ」

「ヤダ！　ほしい、ほしい！　おっきいのがいい！　ママぁ!!」

しだいに泣き始めて、如月家の子どもたちもバツが悪そうになる。

夏海は子どもたちに優しく微笑むと「ごめんね」と謝り、すぐに引き上げようと考えた。泣いて駄々をこねる悠をそのままにし、キッチンの双葉にお礼を言いに行く。

「すみません。片付けが手伝えなくて……」

「いいのよ。こっちこそごめんね。余計なことで泣かせちゃったわね」

「いえ、いいんです。お友達のオモチャとかも、欲しがるのはしょっちゅうだから」

貧しいことが恥だとは思っていない。お金で幸せが買えるものでないことも判っている。ただ、両方を併せ持つ、如月の家庭を目の当たりにするとやはり辛い。

夏海が不甲斐ない思いのままリビングに戻ると、悠は泣き止んでいた。

そんな悠の傍らには聡が座っている。本来なら当然であるはずの光景に、夏海は胸の奥がズキンと痛んだ。

「ママ！　おじちゃんがおっきいコイさんかってくれるって！」

その言葉に、夏海の心は引き裂かれた。

悠のせいじゃない。そんなことは判っている。でも、無邪気な笑顔が、息苦しいほど彼女の胸を締め付ける。

「ダメよ――ダメ。ゆうくん、知らないおじさんに、何かを買ってもらうなんてダメなのよ。ママいつも言ってるでしょ！」

ヒステリックに叫ぶ夏海に、悠はビックリした顔で再び泣き始める。

聡は慌てて口を挟み、

「大したものじゃない。それに、知らなくはないだろう。会社の上司だ」

「普通の上司は、鯉のぼりなんて買ってくれません！　それに、うちは小さなコーポで、立てる場所もないんです」

頑なな夏海の返事に、聡も苛立ったようだ。

「コーポの敷地内ならいいだろう。大家には私が交渉する」

「結構です！　余計なことはなさらないで下さい！」

「給料の一部だと思えばいい。子どもが欲しがってるんだ。可哀想じゃないか！」

可哀想――その言葉は、夏海の心に埋められた地雷を踏み抜いたも同然だった。

「あなたに……あなたにだけは、この子を哀れんで欲しくはないわ！　お給料はちゃんといただいてます。それ以外は一円の施しも受けません！　失礼しますっ！」

泣きじゃくる悠を抱き上げ、如月邸を飛び出した。

夏海自身も、涙が溢れてきて止まらない。でも、その涙は誰にも……いや、聡にだけは見られたくない。そう強く思う夏海だった。


「なんだあの女！」

思わず夏海の後を追ったものの、玄関まで来て聡は足を止めた。

今日この家に来た理由は——ゴールデンウィークに入る直前、如月から声を掛けられたせいだ。

『五月五日に、子どもの日のパーティをするんだ。お前も来るか？』

『は？　なんだそれは？』

如月が双葉と結婚して十数年になる。だが、子どもの祝い事に誘われたことなど一度もなかった。それが、見た目より繊細な聡への気遣いであることは間違いない。

『いきなり、どうしたんだ？　そんなこと今まで一度も……』

『織田くんが、子どもを連れて来るぞ』

その一言で、聡は如月の家を訪ねることに決めたのである。

「ったく、たかが鯉のぼりじゃないか⁉」

　自分のせいで子どもに不自由な思いをさせながら、はした金は受け取れないということだろうか。

　だが、可能性は確信へと変わった。聡たち兄弟は、大人になって面差しがだいぶ変わったが、子どもの頃は非常によく似ていた。悠は間違いなく一条の血を引いている。匡か自分の子であることはほぼ間違いない。

　欲しい――聡の心はそう叫んでいた。

　この際、匡の子でもかまわない。息子と呼び、自分の築き上げた全てを托せる子どもが欲しくて堪らなくなった。

「一条！　織田くんは？」

　妻からジャケットを受け取りながら、如月が玄関まで出てくる。

「さあな、帰ったんじゃないのか。私が子どもと話すのも嫌なようだ」

　吐き捨てるように言う聡に、ふたりとも呆れ顔だ。

「おいおい、ここは駅から遠いんだ。遅くなるのが判ってたから、車で家まで送って行こうと思ってたのに」

　如月は妻に「織田くんを追いかけてみるよ」と声を掛ける。

　それを聞いた聡は不快感を露わに、

「随分お優しいことだな。駅まで一キロ程度、たかだか十数分の距離じゃないか」

そのままリビングに戻ろうとした。

そんな聡のことを、双葉は呆れ返ったように嘆息する。

「ホント、馬鹿ね」

「どういう意味だ！」

「二歳児を抱えて、一キロ〝も〟歩くのよ。この時間じゃ子どもは寝ちゃうだろうし。彼女の家まで電車で約一時間……私だったら、交代で抱っこしてくれるパパの腕が欲しくなるわねっ！」

双葉は大学時代から如月と交際しており、もちろん聡とも二十年近くの付き合いだ。勤務中は一条先生と呼ぶが、プライベートでは学生時代と変わらず、一条くんと呼ぶ。

いかに女心に疎い聡にも、彼女の言わんとしていることは判る。

しばし逡巡したが、

「待て！　私が行く」

聡は如月を追いかけ、車のキーをひったくった。

車を出すとき、聡は如月に引き止められる。

「なあ……三年前に何があったかは知らんが、あの子は間違いなくお前の子だ」

「一条の血を引いてることは、間違いなさそうだな」

夏海に負けず劣らず頑固なもの言いだ。

如月も同じことを思ったのか、苦笑している。

「ああ、判った。そういうことにしておこう。聡……権利を主張する前に、義務を果たすべきじゃないか？　事情はどうあれ、彼女はたったひとりで子どもを産み、育ててきたんだ。本当に大変だったと思う」

「馬鹿を言うな！　全て、彼女の身持ちの悪さが招いた事態だぞ！　もし、私の息子なら、私たちは被害者だ。三年も我が子の存在すら知らなかった。あの子もそうだ。一条家の人間として受けるべき恩恵を何も受けていない。子どもに寂しい惨めな暮らしを余儀なくしたのは、全部彼女の責任だ！」

「……本当にそう思ってるのか？」

如月の静かな問いに、聡は言葉を詰まらせる。

「それは……」

「彼女に対するお前の視線は尋常じゃない。まるで、嫉妬に狂った男そのものだ」

「何を言うんだ！」

「頭を冷やせ。もう四十は目の前だ。やり直しのきく歳じゃない。本当に欲しい物は何か、もう一度じっくり考えろ。聡、人生は後半分しかない……だが、まだ半分ある。今なら、三年のビハインドを取り戻すことが出来る」

このとき、聡の中に悠を見た瞬間の感情が呼び戻された。

「ああ、判った。考えてみる」

そう答えていたのだった。

◇◇◇

泣き疲れたのか、悠はあっという間に母親の腕の中で寝息を立て始めた。

夏海にしても、頬に涙の跡を残したまま電車には乗りたくない。彼女は途中の公園に立ち寄り、ベンチに腰掛けた。

ゴールデンウィークは今日が最終日だ。明日からはいつも通りの日々に戻る。

子どもの顔を見て、聡は明らかに動揺していた。彼も少しは、自分の犯した罪を自覚したのだろうか。鯉のぼりを買うなどと言い出したのは、そんな反省もあったのかも知れない。

聡がもし、三年前のことを後悔して謝ってくれたなら……。

「ありえない、よね」

悠の顔をみつめ、夏海は小さな声で呟いた。

十分ほど休憩し、夏海は立ち上がった。再び、駅に向かって歩き始める。

少し歩くと、後ろから迫ってくる車のライトに気づいた。夏海は小走りで道路の脇に避け、やり過ごそうとする。

ところが、夏海の脇をすり抜けたワンボックスはブレーキを掛けると、夏海の近くまでバックしてきた。

一瞬身構えて携帯を握り締める。

しかし、運転席から降りてきた人物は……聡だった。

聡は微妙に悠から目を逸らせつつ、夏海に短く声を掛ける。

「乗るんだ。送って行く」

「結構です！」

夏海の返答はさらに短い。そのまま無視して横を通り抜けようとした。

「いいから乗るんだ！」

聡の怒声に夏海が言い返そうとしたとき、

「いや……まだ夜は寒い。子どもに風邪を引かせたくないんだ。乗ってくれないか」

不意に弱まった口調に、夏海も矛先を失った。

「そんなに迷惑か？」

「それは……」

後方から再び車のライトが追ってくるのが見え、夏海は促されるまま車に乗り込んだ。

ワンボックスは如月家の車らしく後部座席の中列シートにチャイルドシートが装着してあった。

夏海は、グッスリ眠った悠をそこに乗せる。母親の温もりから引き離され、悠は身じろぎしたが、睡魔のほうが勝ったようだ。そのまま横に座ると、シートに折りたたんであったブランケットを、悠の上に掛けてやった。

時間が経つごとに車内は重い空気に包まれていく。すると、突然聡が口を開いた。

「なぜ……結婚しなかったんだ？」

「誰と？」

「子どもの父親だ」

本気か冗談か……夏海には区別がつかない。

「して、くれなかったわ。子どもが出来たと告げた途端、手の平を返したように冷たくなったの。堕ろせって、お金を叩きつけられたわ」

「私に対する嫌みはもういい」

夏海に嫌みのつもりはなかった。

「あなたが聞いたんじゃない」

そんな、小さな反論が聡の耳に届くはずもなく……。

聡は前をみつめたまま、さらに訊ねてきた。

「ひとりで産んだのか？　ご両親は？」

「妊娠が判ったら大反対。当然よね、父親の名前を言わなかったから。あのとき住んでいたコーポは実家の近くだから、引っ越すのに貯金は使い果たして……臨月まで働いたわ。でも、出産費用が足りなくて、今もローンを返してるの」

「高崎さんの事務所は、給料が安すぎたんだ」

「元々、ひとりで細々と経営されてたの。でも、仕事がなくて困ってるわたしを雇ってくれて。初めは悠を背負って事務所に行ってたのよ、一歳未満の子どもは中々預かってもらえないから。色々融通も利かせてもらって……高村先生には本当に感謝してます」

「あの子は、周りから苛められてないのか？　その、父親がいないことで……」

「まだあの歳だから。保育園は母子家庭も少なくないし。でも、大きくなったら色々聞かれるのは覚悟してるわ」

聡のバツの悪そうな口ぶりに、やはり罪悪感があるのだろう、と夏海は考え……すぐに、思い違いに気付かされた。

「君は？　君自身は肩身の狭い思いをすることはないのか」

「産気づいたときも、自分でタクシーを呼んで病院に行ったわ。産むときも、産んでからも、誰ひとりお見舞いには来てくれなかった」

「自業自得だろう。いい加減な生き方をして、相手の男に捨てられるような真似をするからだ」

またこれだ。夏海は大きくため息を吐くと、

「もういいわ！　あなたの言う通りよ。あんな男を信じたわたしが馬鹿だったの！」

そんな夏海のヤケクソの言葉に、聡は何を思ったのか、

「今はどうなんだ。誰かいるのか？」

「採用前に調べたんでしょう？　シングルマザーに寄って来る男はいないわ。だって子ども父親にされそうで、みんな及び腰だもの」

気軽に遊ぼうという男はたくさん寄って来る。だが、もうこりごりだ。男など二度と信用しない。

だが、聡が反応したのは『子どもの父親にされそう』という台詞だった。

「君は、子どもの父親が欲しいのか」

「……そうね。如月先生のご家庭を見てたら、この子にも普通の家庭を与えてやりたいって思う。悠のパパになってくれて、ちゃんと働いてくれる人なら文句は言わない。大きな鯉のぼりがなくても、子どもは幸せになれるわ。私がそうだったもの」

「自分はどうなんだ？　子どもの父親は君の夫だろう。尻の軽い自分の行いは反省したわけか？」

とことんムカつく聞き方だ。だが、もう言い返す気にもならない。夏海の尻が軽いなら、そんな女と簡単に関係した自分の無節操さは、どれくらい高い棚に上げてしまったのだろう？

「ええしっかり反省したわ！　もう二度とあんな惨めな思いはしたくない！」

「そうか……」

聡はそれきり何も聞いては来なかった。

夏海も時折、悠の様子をうかがいながら、後はずっと窓の外をみつめていたのだった。

キッと車が停まる。気がついたらコーポの前に着いていた。

「どうもありがとう……」

夏海は小さな声で聡に礼を言う。焦るような手つきで子どものシートベルトを外したとき、チャイルドシート側のドアが開いた。

「私が抱えよう」

「いえ、そんな……」

「鍵を開けるのに不自由だろう」

既に聡は子どもを抱きかかえる体勢だ。

実を言うと、夏海は家の前で聡を追い払おうと考えていた。

聡に自分の不実さを詫びる意思がないことは明らかだ。悠の存在を認めたとしても、金の話になるのは目に見えている。だからこそ、これ以上厄介な事態になることだけは避けねばならない。職場でもあんな状態になるくらいだ。職場以外では絶対にふたりきりになってはいけない。

夏海はそう決意していたのに……。

しかし、聡はどうやら悠を抱えたまま部屋の中まで入るつもりらしい。

眠っている我が子を力任せに奪うわけにもいかず……夏海は鍵を開け、渋々聡を迎え入れた。

二階建てのコーポの一階に夏海の部屋はあった。

小さな玄関には作りつけの下駄箱があり、その上に一輪の赤いカーネーションが細身の花瓶に差してある。

夏海は背中に聡の視線を感じつつ、大急ぎで靴を脱ぎ、そのままキッチンの流しにある蛍光灯を点けた。

(振り向いたらダメ。この人の目を見たら……絶対にダメ)

夏海は呪文のように口の中で唱える。

その間に、蛍光灯は二、三度瞬き、薄暗い灯りがキッチンに広がった。

キッチンには二人掛けのダイニングセットがあり、その椅子にバッグとジャケットを掛け、夏海は和室に続くガラス戸を開けた。

六畳の和室には、戻ってすぐ寝られるように、と布団が敷いてあった。

奥に敷かれた子ども用の布団を整えると、夏海の後から入ってきた聡が、ゆっくりと悠を下ろす。夏海が子どもの靴や靴下を脱がせる間、聡はジッと息子の寝顔をみつめていた。

狭く薄暗い部屋の中、微妙な沈黙が漂う。

夏海は耐え切れず、サッと立ち上がりキッチンに戻った。その途中、手前に敷かれた布団が妙に艶めかしく思えて落ち着かない。

聡はすぐに帰ってくれるだろうか?

急き立てて追い出すのも、まるで意識してますと言わんばかりで悔しい。夏海は勤務中と同じく、可能な限り落ち着いた声を出した。

「お茶とコーヒー、どちらがよろしいですか？」

和室に背を向けたまま尋ねるが、なんの返事もない。

「一条先生？」

まだ悠の側にいるのだろうか。夏海が振り返ったとき、彼は真後ろに立っていた。

そのまま、伸ばされた両腕が夏海の身体を包み込む。

「あっ……やっ！」

あまりに突然のことに、夏海の身体は強張った。

それでも、聡の束縛から逃げようと彼の胸を両手で押しやろうとする。

「何……何をするの？　どうしてこんな」

上半身に空間が出来、聡を問い質そうと夏海は顔を上げる。

だが、その唇は言葉を紡ぐ暇もなく彼の唇に塞がれ――次の瞬間、夏海の中にあの日と同じ情熱が甦（よみがえ）った。


聡は混乱の極致にいた。

三年前の春、わずかひと月通った夏海のコーポにも、いつも同じように玄関に花が飾ってあった。

そのせいか判らないが、入った瞬間、懐かしく甘い香りに聡は眩暈を覚える。

(——夏海の匂いだ)

彼女の部屋の狭いシングルベッドで、ふたりは隙間のないほど抱き合って過ごした。長い髪に顔を埋め、聡は男であることに最上の喜びを知った。

荒い息の中、しっとりと汗ばんだ肌から立ち上る熱気は今でも忘れられない。想像するだけで聡を興奮に誘うのだ。

それはたったひと月……だが、三十八年の人生で至福のひと月だった。

理由など判らない。だが、夏海には初めて逢ったときから逆らいようもなく、自然に視線も身体も引き寄せられる。

今このときも——靴を脱ぐ仕草、屈み込んで聡の前にスリッパを置く動作も……この腕に子どもがいなければ、そのまま玄関に押し倒しているだろう。

如月に言われたことを、あらためて考えてみた。

努めて冷静に、客観的に考えられるよう努力した結果——夏海の一言一言に迷わされただけだった。

彼女にとって本命は聡だったのかも知れない。計画通り妊娠したのに、匡との関係がばれて狙いが外れた、とか。

それとも、本命は他にいて妊娠を機に捨てられた。それでも子どもを盾に結婚を迫るつもりが、生まれたのはその男の子どもじゃなかった。

或いは、金さえあればターゲットは誰でも良かったのかも……。

最初の結婚により、聡は心の最も弱い部分に傷を付けられた。彼には、自分の価値を金に換算することしかできない。

まさか、無意識に掛けたフィルターが、夏海の姿を真実からどんどん遠ざけているとは、思い至るわけもなく。

加えて、聡を混乱に陥れたのは、夏海は子どものために結婚を望んでいることだった。悠の父親となり、真面目に働く男なら誰でもいいと言う。

もしそんな男が現れたら……。

そう考えたとき、聡は身震いした。明らかに自分の血を引く悠が、どこの馬の骨とも判らぬ男をパパと呼ぶのだ。認知していない聡は、悠に近づくことすら出来なくなる。

さらに許せないのは、夏海が自分以外の男の妻になることだった。

その男は彼女の隣に立ち、人生のパートナー、夫となって数十年の人生を共に過ごす。当然のように夏海に口づけ、彼女の心も身体も我が物としてしまうのだ。

そして、かつて自分も味わった果実を独占して、蕩けるような満たされた時間をふたりで分け合う。健康な彼女のことだ、すぐにも悠に弟や妹が出来るに違いない。

それは、如月の言う『本当に欲しいもの』を聡が永久に失う瞬間だった。

欲しいものは決まっている。

（悠を……夏海を、誰にも譲りたくない！）

聡の本能は悲鳴を上げながら、恐ろしい勢いで理性とプライドを駆逐した。

反面、それは夏海に対する狂おしいほどの劣情を認めることだ。

仕事中であっても、ドアの向こうに夏海がいる、と思うだけで、聡はそのドアをぶち破りたい衝動に駆られる。エレベーターでふたりきりになるだけで、妄想に股間が熱くなる始末だ。

新婚早々花嫁から逃げ出し、役立たず呼ばわりされた男と同一人物とは思えない。

心の中では『四十は目前だ、欲求不満で我慢出来なくなるような年齢じゃない』そんな台詞をお題目のように唱えながら……。

聡は、蝶が花芯に吸い寄せられるように、夏海を抱き締めていた。

それは三年の月日を忘れさせる、めくるめくキスだった。聡は余計なことは一切考えず、心の奥底に封印した欲望を解き放つ。

「夏海……夏海……」


熱に浮されたような聡の声を耳にした瞬間、夏海の中に必死で築き上げた防波堤が音も無く崩れ始めた。

キスだけじゃない、彼女の『初めて』を全部奪ったうえ、苦しみと喜びの種を残して去って行った男。そんな男を、誰になんと言われても黙って信じ続けた。

実家に戻った彼女が親に泣きつき、彼女の両親が一条家に乗り込むようなことになれば、おそらく真実は明らかになっただろう。

もしあのとき……。

だがそれは、決して夏海のせいではなかった。

彼女が聡の立場を思いやり、罵倒されても信じ続けた結果なのだ。

陣痛で苦しむ中、夏海には励ましてくれる声も、背中をさすってくれる手もなかった。子どもの誕生を祝ってくれる人間もおらず、その直前に知った聡の結婚は、産みの苦しみを凌駕するほど、彼女の心をずたずたに引き裂いた。

動けるようになったら、子どもを連れて聡と妻の前に立ってやる。あなたが殺せと言った子どもだ、と突きつけて聡の家庭をぶち壊してやろう。

頼る人のいない孤独で苦しい生活を、憎しみの炎に変える事で夏海は耐えた。

ところが、幸せな家庭を壊してやりたいと憎んだ男は、壊すべき家庭も幸福もすでに持ってはいなかった。それどころか病的な仕事中毒で、生きることがまるで苦行のようだ。今の聡には、夏海が一目で惹かれ夢中になった優しい笑顔は消えていた。

キスは夏海を愚かで無垢な頃に引き戻す。聡の愛を信じていたあの一瞬に。

夏海の腕から力が抜け、その指が聡の上着を摑んだとき……ふたりの時間は、三年の月日を巻き戻していた。

最早、ストップをかけるものは何もなくなった。

聡は、夏海の髪を解くと、指に絡め、唇に寄せる。

以前は背中まであったストレートの黒髪が、今は肩を覆う長さだ。彼女の何も手を加えていない漆黒の髪が、聡は大好きだった。

熱い吐息で頬を撫で、彼女の髪をかき上げると、軽く耳たぶを噛んだ。

夏海は唇を噛み締め、縋りつくように聡を摑む指に力が籠もる。そんな些細な仕草すら彼が見逃す事はなかった。

ふたりはキスを繰り返しながら、しだいにそれは激しさを増していく。

夏海の指が上着から離れ、聡の首に回された。彼はそれを待っていたかのように、上着を脱ぎ、力任せにネクタイを解くと後ろに放り投げた。

おずおずと、夏海の手は聡のシャツのボタンを外し始める。

それは三年前に彼が教えたことだった。彼女の手を取り自分の胸元に持って行く。男の服を脱がす行為に、夏海の指は震え、頬は真っ赤に染まっていた。

今も、彼女の指は震えている。

それだけでもう、聡の理性は一万光年彼方に飛んで行きそうだ。

夏海の白い首筋に唇を這わせるものの、トレーナーではそれ以上進めないのがもどかしい。仕事中と同じくブラウスを着ていたなら、彼は間違いなく引き裂いていただろう。

もどかしさは夏海も同じだった。

服の上から聡の指が身体に触れる。胸も、背中も、腰も……男らしくて大きな指に直接触って欲しい。彼の熱を直接肌で感じたい。夏海はそんな思いに駆られていた。

シャツのボタンを三個目まで外したとき、聡の力に夏海はよろめくようになり……。

ガタンッ！

小さな食卓テーブルは抗議の音を立てながら、夏海の身体を受け止めたのだった。

夏海はテーブルに両肘を突き上半身を起こした。かろうじて、テーブルの端に腰が引っ掛かった格好である。

彼女は二歳児を持つ母親らしく、動きやすいジーンズを穿いていた。

それは男の誘惑やキッチンでの情事が想定外であることを証明したもので……。

聡はそのジーンズのファスナーに手を掛け、出来うる限り手際よく脱がそうとした。

しかし、その手つきは彼の洗練された容姿とは裏腹で、とても二度も結婚した男とは思えないたどたどしさだ。無論、彼以上に経験のない夏海に気付いた様子はない。

だが、そこは女の本能だろうか。彼女は自然に腰を浮かせてくれたのだった。

そこまで、聡は一度も夏海の肌から唇を離さずにいた。だが身体を起こし、夏海との間にわずかだが距離を取る。

そのまま、お互いの瞳をみつめ合った。

(夏海は、私を拒絶するだろう……)

わずかに開きかけた彼女の口を指でなぞり、聡は軽く首を左右に振った。今は何も言わないでくれ、そう言いたかった。

だが、

「……お願い」

唇に触れた聡の指に、彼女の震えが伝わる。

そして夏海が口にしたのは、

「お願い……やめないで」

胸の奥が沸騰しそうなほど熱い感覚に捉われた。

脱がせようとしていたジーンズと下着は、彼女の片足に残ったままだ。

しかし、矢も盾もたまらず、聡は彼女の両脚の間に立ち、腰を摑んで引き寄せたのだった。

三年前、それぞれを絶望に陥れた、聡曰く、『愚行の極み』となった結婚。

あのとき、何をどうやっても智香相手にはピクリとも反応しなかった。その男性自身が、夏海を前にするとさしたる愛撫すら必要ない。まるで武士の刀が己の鞘を覚えている

かのようだ。対になる鞘にしか納まらない……彼の分身はそう主張していた。

そして夏海も、聡の指が探り当てた密やかな部分は、すでに彼を待ち焦がれていた。柔らかく、熱く潤った彼女に覆いかぶさると、ふたりの距離はゼロになり、やがて彼女の領域に侵入して行く。夏海の腕が聡の頭を抱き締め、彼女の切なげな吐息を耳元で感じた。

「……聡さん」

ふたりの心は一瞬で三年の月日を遡った。

例えようのない一体感が全身を包み込む。繋がった部分はしだいに温度を上げ、熱波となってふたりを溶かしていく。

子どもを産んだとは思えないほど、夏海の躰は昔と同じだった。

恐ろしく狭い……動くたびに締め付けられ、我を忘れそうになる。夏海のもたらす快感に気が狂いそうだ。

「あっ……あっ、やっ、くぅっ！」

彼女の押し殺した声が耳に届くたび、聡の欲情は燃え上がった。

四畳半の狭いキッチンは快楽の渦に呑まれ、激しく切ない吐息が充満する。それはやがて、歓喜のときを迎え、重なり合うふたりが小刻みに震えた。

聡はその瞬間、堪えきれずに短く低い呻き声を発し、夏海を強く抱き締めた。

まるで百メートルを全力疾走したかのように心臓は脈打ち、肩で息をする。

直後——聡はグイッと身体を起こし、夏海から離れた。

身体に掛かる重みがなくなり……夏海は、わずかに揺れるペンダントライトを見ていた。露わになった肌に湿った空気が纏わりつき、初体験を思い出させる。

やがて身体を起こすと、思い出したように背中が痛んだ。

見下ろすと、足元にぶら下がったショーツが酷く惨めだ。ジーンズは激しい動きに耐え切れなかったのか、足からずり落ちて流し台の前に転がっている。

そして、内股を伝わる情事の跡に夏海は全身が震えた。

(わたしの馬鹿。避妊なしじゃ二度と受け入れないって決めてたのに)

しかも、自分を蔑んでいるだけの愛してもくれない男となんて、愚かにもほどがある。

已むに已まれずとはいえ、情熱に流されたリスクのほとんどは女性が負わねばならないのだ。そのことは誰よりも知っていたはずなのに。

それでも、聡の誘惑には逆らえない。心が抵抗しても身体が裏切ってしまう。

夏海はこみ上げた涙を必死で隠し、聡の顔を見ぬまま洗面所に飛び込もうとした。

だがそのとき、不意に腕を摑まれたのだ。夏海は驚いて聡を見上げる。彼の瞳には、未だ消えない情熱の炎が灯っていた。

「まだ、だ」

聡は敷かれた布団を視線で示しながら、さっさと身体に残っていた服を脱ぎ始める。

面食らった夏海は、

「一条……先生、あの」

「聡だ。さっきはそう呼んでくれた」

全てを脱ぎ捨てると、今度は棒立ちになった夏海の服にも手を掛けた。一度はおさまりかけた情熱の火に再び薪をくべられ、夏海はされるがままになってしまう。

聡に抱かれたい。彼に与えられた官能の悦びを、共に味わった至福の天国を、忘れることなど出来なかった。

「聡さん、わたし」

「今夜は……今夜だけは何も言わず抱かれてくれ。頼む」

身体を覆う最後の一枚を剝がされた。

聡は縋るような視線で夏海をみつめている。

夏海はイエスの代わりに、彼の唇にキスして……目を閉じた。

◇　◇　◇

「ママぁ」

——遠くで悠の声が聞こえる。

「まぁま！　おなかすいたぁ！」

身体を揺すられ、夏海は我が子に起こされた。ハッと気付くと、時計は九時を指している。

（やだ、嘘でしょ！）

普段ならとっくに家を出ている時間だ。ゴールデンウィーク明けで今日から出勤なのに、なんという失態だろう。

「ゆうくん、保育園行かなきゃ！　早く着替えて！　ああ、用意もしてない……おトイレは？　ゆうくん、おしっこは？」

もうパニックである。自分も仕度をしなければならないのに、そう思うと気持ちばかり焦ってしまう。だが息子は、

「ママぁ〜おなかすいたぁ」

それればかりは譲れない欲求のようだ。

「わ、わかった。判ったから……待ってよ、ちょっと待って、えっと」

「ママぁ。おきがえわすれたの？」

「え？」

悠の指摘に夏海は下を向いた。直後、真っ青になり、そして真っ赤になった。夏海は全裸だったのだ。

（それって、まさか）

恐る恐る振り返ると、当然そこには聡が幸せそうに眠っていた。

「ママ、どうしておじちゃんがねんねしてるの?」

悠にとったら当然の質問だろう。

だが、上手い答えが咄嗟に浮かばない。

「ど、どうしてかなぁ」

二歳児相手に彼女は笑ってごまかした。

「聡さん。ちょっと起きて。もう九時よ、仕事に出なきゃ間に合わないわ!」

十時の始業には今から飛び起きても間に合わないだろう。だからと言って、このまま寝かせるわけにもいかない。

「え? あぁ……夏海、おはよう」

完全に寝ぼけているようだ。悠は昨夜の続きと思っているのか、嬉しそうに聡にじゃれ付いている。

「おはよう……って言ってる場合じゃないんだけど」

「ああ、まあ、でも、朝から刺激的だな」

その言葉に再びハッとした。寝ぼけてるのは聡だけじゃないらしい。夏海は渾身の力で聡から掛け布団を奪い、身体に巻きつける。

だが、今度は聡が全裸を披露することになってしまった。

「お、おい!」

抗議の声を上げながら、聡は子ども用の布団で重要な部分を隠そうとする。

「さあ！　シャワー浴びてきて下さい。服は集めて持って行きますから。言っておきますけど、男物の着替えなんかありませんからね！」

夏海は聡に反論の時間を与えず、キッチンの奥にある洗面所に追い立てたのだった。


聡は熱いシャワーを浴びながら、昨夜のことを思い出していた。

空白の三年間を埋めるように、何度も抱き合った。数え切れぬほどのキスを交わし、聡は夏海の甘やかな肌に包まれ、朝まで一度も目を覚ますことなく眠った。

それは、三年ぶりともいえる彼に訪れた熟睡だ。

（――もう手遅れだな）

自分は彼女の手管に堕ちてしまっている。他の女には一切反応を示さない相棒が、夏海にだけはやる気満々なのだ。

三年前、智香には事実上の離婚を申し入れ、逆に訴えられた。

様々な事情から医者の診断書まで取らされたのだ。結果、『心因性の勃起障害』――聡に与えられた病名である。『性機能障害』の一種だ。診察でも微動だにせず、男としての自分は終わったと覚悟していた。いや、正確には再び諦めた、と言うべきだろう。

その役立たずが、まさかこの歳で一晩に三、いやキッチンを合わせると四回とは我ながら呆れ返る。

もう理由などどうでもいい。あれは最高のセックスだった。夏海も同様だろう。彼女とは離れられないし、離れるべきではない。

ガタン……。

浴室のドアの向こうに夏海の姿が見えた。

あちこちで脱いだ聡の服を集めてきてくれたようだ。

「あんなところに脱ぎ捨てるから……上着もズボンもしわくちゃですよ。家に戻って着替えて来ないと、これじゃクライアントの前には……キャッ！」

濡れた手で腕を摑まれ、夏海は声を上げた。

「一条先生！　何を考えて……」

「聡だ！　何度も言わせるな」

そのまま軽く唇を重ねた後、夏海の耳元で囁いた。

「ちゃんと先のことを考えよう。悠のこともある。このままにする気はない」

「このままにはしない。信じて欲しい――三年前に同じセリフを聞いたわ」

その声は冷ややかで、聡は即座に夏海から離れた。

すると、彼女は哀しげな微笑みを浮かべ、

「昨夜はわたしも楽しみました。だから、お金の話はしないで下さい。それだけは……お願いします」

そう言うと毅然とした表情を作った。
「わたしも身支度を整えますから。急いで下さい、一条先生」
それは、間違えようのない、ハッキリとした拒絶だ。『あなたの言葉は二度と信じない』
そう言われたことに、聡は言い返すことが出来なかった。

「いただきます！」

四畳半のキッチンに置かれたテーブルを三人で囲む。テーブルの上には、目玉焼きやウィンナーが並んでいて、昨夜とは違い、本来の用途に使われていた。

悠は子ども用の椅子に座り、オムレツのケチャップを顔につけながら嬉しそうに口に運んでいる。

聡がシャワーで妄想をふくらませ、一喜一憂している間……。

夏海は悠を着替えさせ、お着替えや必要なものをバッグに詰め込み、三人分の朝ご飯を作り、尚且つ、自分の仕度も済ませていた。

確かに、いくつもの業務を掛け持ちしても、この朝の戦場には遠く及ばないだろう。

聡のほうは、ここ数年は朝食など口にすることもなく、出社後にコーヒーを飲む程度だった。しかし、そんなことを言う隙すら与えてもらえない。朝の主導権は明らかに夏海の手にあった。

そのまま、コーポの来客用のスペースに停めておいた如月の車で、三人揃って家を出る。

夏海のコーポは江戸川区の葛西駅から十分程度の距離だ。保育園はコーポから駅までの中間に位置している。

聡は保育園の前で車を停め、夏海たちが園に入っていくのを、窓を開けて見送った。

すると悠が振り返り、「いってきま～す」と、聡に向かって大きく手を振る。

「あ、ああ、気をつけてな」

咄嗟に手を振り返したが、なんと答えたらいいのか判らず……ボソボソ口の中で言うだけだ。そんな声で夏海たちまで届いたはずもないが、見送られたのが嬉しかったのか、悠は満面の笑顔でさらに大きく手を振り返してくれたのだった。

このとき、まるでヒーターのスイッチが入ったかのように、聡の胸は温かくなり、彼の顔にも自然と笑みが浮かんでいた。

――三年前、夏海の嘘に騙されたフリをして彼女を妻にしていれば、あの子は今頃、自分をパパと呼んでいただろう。上手く言葉には出来ない。だが、想いは溢れんばかりに、聡の身体中を駆け巡るのだった。

事務所に着いてすぐ、夏海は双葉に謝罪に行った。

電話で遅刻の連絡は入れてあったが、

『疲れが出たのかうっかり寝過ごしてしまいました。遅れた分は昼休みに補います』

嘘は言っていない。なんの疲れかまで、報告する必要はないだろう。しかし、事情を知られているだけに、昨夜のことも筒抜けのようでいささか後ろめたい。

「一時間も遅れてしまって申し訳ありませんでした。それから、昨日はどうもありがとうございました。悠も喜んでました」

「いいえ、どう致しまして。遅刻は気にしなくていいわ。ボスもまだ来てないから」

「そう、ですね……」

聡はオフィスのすぐ裏にあるタワーマンションに住んでいる。彼は夏海を降ろすと一旦自宅に戻った。しわだらけのスーツで出勤するわけにはいかないからだ。夏海とは別に、一時間ほど遅れると連絡を入れたようだが――。

歯切れの悪い夏海の様子を見て、双葉はクスッと笑った。

「もちろん知ってますって顔ね。昨夜はあなたの部屋？　裏のマンションなら遅刻はしないでしょ。まさかホテルってことは……」

「子ども連れでホテルなんて行きません！　ちゃんと、家に帰りました」

「一条くんも一緒に？」

「それは……送っていただいて、あの……」

しどろもどろになる夏海を見ていると、ついつい苛めてしまいたくなるようだ。

「ゴメンゴメン。後は彼に聞くとしましょう。でもまさか、うちの車でしちゃった……なんてことは」

「してません！」

真っ赤になって否定する。明るくストレートな双葉のおかげで、夏海の心も少しだけ軽くなった。


夏海より三十分遅れて聡は出社した。

しかし、どうにも八方塞がりの気分である。

(彼女は一体、何を考えてるんだ?)

考えれば考えるほど、聡には夏海の真意が量りかねた。

あの後、何度訂正しても夏海は『一条先生』と呼び続けた。最後には思わず『所長命令だ！』と叫んだくらいだ。すると、そのまま夏海は口を閉じてしまった。

確かに三年前、『このままにはしない。信じて欲しい』と言った記憶はある。

それを口にしたとき、約束を違えるつもりなどこれっぽっちもなかった。最初から嘘をつき、聡を騙したのは夏海のほうだ。

匡と関係しながら、兄である聡の誘惑に乗った、いや、誘惑したのだ。

自分は悠の為に、最大限の譲歩をするつもりでいる。なのに、その提案すら彼女は聞こうとしない。

昨夜、彼女は『やめないで』と聡に抱きついた。

（夏海が望んだから抱いてやったんだ！）

――いささか虚しい自己弁護に、聡は深くため息を吐く。

全く、酷い有様である。

出社して所長室に繋がるドアを開け、夏海の姿を見るなり彼の脳裏には……息も絶え絶えな彼女の顔が浮かんだ。

頭を振り、追い払おうとすればするほど興奮が甦る。挙げ句の果てに、この場で彼女を抱き寄せ、唇を奪いたい衝動に駆られる始末だ。

これではとても仕事にならない。

聡はパソコンの電源を切り、席を立つなり、夏海から逃げるように事務所を出て行くのだった。

しかし、何処に行っても聡の脳裏から夏海と悠のことが消えない。

ビル内にある旅行代理店のパンフレットを目にしたとき、

（――仕事を休んでふたりを連れてバカンスにでも行けば、夏海との関係も良化するかも知れない）

そんな考えに囚われる。

ゴールデンウィークだというのにひとりで出社し続けた男の思考とは思えない。どうやら彼の仕事中毒は、夏海との一夜で見事に解消したようだ。

パンフレットを見ながら、空想に思いを馳せる聡の横を、幼い少年が駆け抜けた。

ただそれだけのことで……聡の心は、ふたりの姿で埋め尽くされていく。

とにかく、話し合わねばならない。

覚悟を決め、聡は終業間近に夏海を呼び止める。

「仕事が終わったら、何処かで話せないか？」

「そんな……無理です。悠のお迎えは、遅れるわけにはいかないんです」

何を当たり前のことを……夏海はそんな口調だ。

だが、聡にしても、このまま引き下がるわけにはいかない。

「判った。悠を迎えに行き、その後どこかで食事をして、君の家で話そう」

「ま、待って下さい。ちょっと時間をおきませんか？　その……」

「なんのために？」

「それは……色々、わたしにも都合があって」

口ごもる夏海を見て聡はカッとなる。

「まさか、私が君の家に居ては困るのか？　悠にはすでに父親候補がいるというんじゃないだろうな⁉」

「一条先生……」

「聡だ！　何回言わせれば気が済むんだ。今夜は私の車で迎えに行く。外で食事をするんだ。いいな！」

　そんな聡の姿に、夏海は開いた口が塞がらなかった。

　今の彼は二歳児顔負けの駄々っ子だ。

「じゃあ、あの子が好きなファミレスでかまいませんね？　子どもに合わせて下さいますよね？」

　少しは嫌がらせの意味もある。

　聡のような男が、ファミリーレストランに、しかも子連れで入ったことなどないだろう。ドリンクバーに水やスープを取りに行かせてやろう。それに懲りたら、二度とこんな強引な誘い方はしないだろう。

　そんなことを思いつき、夏海は心の中で笑った。

「……判った、それでいい」

　そんな夏海の思惑を知ってか知らずか、聡は全面的に彼女の要求を受け入れたのだった。

　だが、夏海の不安は別の所にもあった。

（本当に、話だけで済むのかしら？）

　昨夜の状況を考えれば、よもやそれだけで済むはずがないだろう。

　夏海の目にも、聡があらゆる意味で焦れているのが丸わかりだ。聡は悠を欲しがっている。そして夏海のことも……いや、彼女の身体を欲しがっていた。
もし、聡に求められたら……夏海の答えは決まっている。
信じることの出来ない男を、それでもまだ、信じたいと思っている。
そう、もう一度『愛している』と言われさえすれば、愚かにも同じ言葉を返すであろう
自分に、夏海は気付いていた。

カレンダーはすでに六月に入れ替わった。
あれからもう、ひと月も経っている。あの夜から、出張以外は毎晩といっていいほど、
聡は夏海のコーポで過ごしていた。
『悠のことは鑑定なしで認知しよう。あの子が、一条の血縁であることは間違いなさそう
だからな。それと、昨夜、私は避妊せずに君を抱いた。採用前に調べた限りでは、君に他
の男の影はない。もし授かったときは、今度は疑いようもなく私の子どもだろう。責任は
取るつもりでいる。これ以上恥を掻く前に、入籍を済ませてしまおう』
ファミレスの帰りに、聡が口にしたプロポーズの言葉である。
だが、彼の言葉に夏海の態度が和らぐことはなかった。
『避妊を怠った責任はわたしにもあります。ですから、責任を取って結婚していただかな

くても結構です。それと、何度も言うようですが、悠とあなたは無関係です。ご心配なく！』

聡には夏海が怒る理由も判らず、さらにプロポーズを続けた。

『君の過去の行いには目を瞑ると言ってるんだ！　君も判ってるだろうが、私たちはどうやら、身体の相性が恐ろしくいいらしい。君もその点は充分に満足してるだろう？　今後のこと考えても、籍を入れておくほうがベストだ』

『あなたがわたしの過去に目を瞑れても、わたしはあなたにされたことは忘れないわ。身体の相性がいいことは認めます、でもそれだけで結婚は出来ません！』

その後、聡は毎日のように結婚を口にし、その都度、夏海に断られていた。

悠のためにも両親が揃っていたほうがいい。息子には最高の教育を与えてやろう。君たち親子は二度と金に困ることはない——等々。

どれだけ夏海に有利な条件を提示しても、首を縦に振ろうとはしない。

そうかと思えば、聡が部屋を訪れ、身体を求めると素直に応じるのだ。無論、二度目以降は夏海のほうから避妊具を突きつけられたが……。

もし妊娠していれば、結婚も承諾するだろうと期待したのだが、残念ながら、今回それは叶わなかった。

「結婚したさに妊娠したくせに、なぜ今になって断るんだ。悠のことも実子として届け出ると言ってるんだぞ。私生児のままじゃ、今に必ず不都合が出るに決まってる。一条家の嫡出子になるんだぞ、何が不服なんだっ！」

横にいるのは如月だった。

夏海と口論するたびに呼び出されるのだから、彼も迷惑なことだろう。

しかも今日は休日だ。ここしばらく、聡は休日も夏海の家を訪れていたのだが、『今日はダメな日だから』と言われ、すごすごご引き下がる以外になく……。

「彼女にとって私はセックスだけか？　まったく、なんて女だ！」

自分のほうから、身体の相性がいいから妻にしてやる、と言い出したことは都合よく棚上げとなっている。

そんな聡の愚痴には取り合わず、如月は別のことを尋ねてきた。

「彼女は、悠くんの父親のことはなんて言ってるんだ？　匡くんだと認めたのか？」

「いや……」

その件についても、ふたりは言い合いをしたばかりだった。


悠の父親になってもいい、自分が真面目に働くことは承知のはずだ、夏海の挙げた結婚相手の条件は満たしている、と聡は主張した。

だが、夏海の表情は凍りついたまま、聡との対決姿勢を崩そうとはしなかった。

「何が父親になってもいい、よ。ふざけないで！　それはあなた以外の人間が言えるセリフよ」

「よほど自信があるんだな。だったら鑑定を受けたらいいだろう」

「断ります」

「本当は、嘘がばれるのが怖いんだろう？」

「あなたが嘘だと思ってる限り、科学でどんな証明がされても、わたしは嘘つきと呼ばれたままよ」

「どういう意味だ!?」

聡は言葉を切ると気を取り直し、再び夏海の説得を試みる。

「まあ……理由はどうあれ、悠は正式な父親を得ることが出来る。それのどこが不満なんだ？」

「悠はわたしの息子よ。あなたには渡さない」

「子どもから父親を奪う権利が君にあるのか!?」

「奪ったんじゃない。あなたが捨てたのよ！　あなたがあの子にしたのは、わたしの身体を楽しんだ後、さっさと始末しろって言ったことだけじゃないの」

「私の子どもだと判っていれば、死んでもあんなことは言うものか！　全て君のせいだ。母親のエゴで私からあの子を奪ったんだ！」

本業も忘れ、聡は激情に駆られて夏海を罵った。

だが、夏海も負けじと言い返す。

「だったら何⁉　真冬にコタツもストーブもなくて、毛布に包まってあの子を抱き締めて温めたわ！　あの子を必死で守ったのはこのわたしよ！」

「頼って来れば良かったんだ。たとえ、私の子じゃなくても、見殺しになどしなかったさ！」

「そうね、何百人も招いた結婚式の披露宴会場に、大きなお腹でおめでとうって言いに行けば良かったわね！　生まれるのがもう少し早ければ、自分を捨てた父親の結婚式を見せてあげられたのにっ！」

抱き合って身体を重ねれば、その数時間はえもいわれぬ至福の時となる。

だがそれ以外の時間は――出口の見えない罵り合いが続き、いい加減、ふたりとも疲れていた。


聡はため息を吐くと、手にした水割りのグラスを一気に呷(あお)った。

「夏海は私の子だと言って譲らない」

「お前もそう思ってるんだろ？」

「だったらなぜ、ＤＮＡ鑑定を拒否するんだ？　間違いないならハッキリさせたほうが悠のためだろう？」

科学的に証明されれば夏海も安心出来るはずだ。

それを拒否するのはやはり匡の……。

そんな思いが聡の中で堂々巡りしていた。

「双葉とも相談したんだけどな。女が産んだ後に『あなたの子よ』って言うときは、他に心当たりがないときだって言うんだよなぁ。夏海くんもそうじゃないのか？」

「だったら匡が嘘をついたというのか？　稔にも聞いた、匡が秘書に手を出してるのは事実だ、と。私は本社にいる友人にも聞いたんだ。奴も間違いないと言っていた。海外事業部に男がいて、それ以外に不倫もしている、と……」

如月は聡の言葉を聞くうちに、何か気づいたらしい。

「なぁ、それって、ようするにお前は子どもの父親が問題なんじゃなくて、自分以外の男の存在が許せないだけなんだな」

「……」

如月の決め付けを否定することが出来ず、聡は空のグラスを睨みつけたまま答えた。

「たまに……過去を悔いるようなことを言ってる。ハッキリと、騙そうとして悪かった、二度と嘘は吐かない、そう言って欲しいんだ。身体の相性がいいのが、結婚の理由でも構わない。二度と金にも困らないし、未婚の母だと見下した連中を、見返してやるだけのものを与えるつもりでいる。悠にも、最高の教育を受けさせて……私の持てる全てを残してやりたい。私の言うことは間違ってるのか？」

「う～ん……いや、判るよ。判るんだけど……」

「夏海は、悠を産むときにひとりきりで酷く辛い思いをしたようだ。ちょうどその頃に、私が智香と結婚したことを知ったらしい。確かにアレは私の失態だ。夏海が子どもをどうしたか、ちゃんと調査をするべきだった。臨月まで働いても出産費用が用意できず、かなり高利のローンを利用したらしい。まだ、いくらか残ってると言ってた。私が払うと言っても受け取ろうとはしない。知っていたら、絶対にあんな馬鹿な真似はしなかった」

「う～ん」

聡は切々と訴えるが、隣の如月から聞こえてくるのは、ただ唸(うな)り声だけだった。

その如月は、手にした水割りグラスをクルクル回しながら考え込んでいた。

どうも理解できない。

聡は故意に女性を弄び、責任逃れをするような男ではない。それは弁護士バッジに懸けて言える。仮に、酒の勢いであやまちを犯したとしても、一夜でも夏海のような女性と関係したら、責任を取ります、と宣誓するようなクソ真面目な男なのだ。

加えて、人の意見に耳を貸さない頑固者だから始末に終えない。

聡の最初の妻は、どう見ても財産目当ての女だった。

如月をはじめ、友人たちが何度も忠告したが聞き入れず、散々絞り取られた挙げ句に、身を持って裏切りを知ったのである。

あの後、しばらくは大荒れだった。女性不信を募らせ、彼の口から女の話を聞くことはなくなった。

そんな聡が三年前の春、唐突に運命の女性に出逢ったと、浮かれて小躍りを始めた。

急げばジューンブライドに間に合うだろうか、と六月の予定を空け始めたのだから恐れ入る。

だが、それもわずか一ヵ月で……二度と聞かないでくれ、と声を落としたのだった。

その後すぐ、とんだ茶番とも言える、笹原智香との結婚を決めた。

一連の騒動はあまりにお粗末で、仮にも弁護士ならもっと上手い手が打てるだろう、と如月も力になろうとした。

しかし、当の本人が『いいんだ。放っておいてくれ』と言って聞かず……。

あれは自虐行為にも等しかったように思う。

――奴は一生、独身で過ごす気なのかもしれない。

如月がそう思いかけた頃、まるで運命の悪戯のように、聡の人生に再び夏海が登場した。

片時も忘れられず、惚れ抜いた女性。そんな相手のいる真面目な男が、他の女性を抱けるはずがない。

今の聡は、一度は未入籍とはいえ、対外的には二度の離婚歴のある三十八歳の男だ。相手が子持ちでも文句は言えまい。

一方、誰にでも若さゆえのあやまちはある。

三年前の夏海が、言い寄る男と気楽に恋のゲームを楽しんでいたとしても、聡が言うほど、彼女に悪意はなかったのだろう。未婚の母としてそれなりの苦労を重ね、遊びの恋は卒業したであろう彼女なら、今度は上手く行くのではないか？

如月はそう考えたのだが……何かがおかしい。

企業法専門の聡と違って、如月は調停弁護士として個人の依頼を受けることもある。それもあって、人を見る目は聡以上にあるつもりだ。

プライベートでも妻一筋と言いたい所だが、彼も妻に対してそれなりの秘密は持っている。好色ではないが、聡より経験は豊富だろう。

そんな如月の目に、夏海は火遊びで年上の男性と関係したり、財産目当て相手を騙したりするような女性には思えない。時間が経とうと人間の本質はそうそう変わらない。それが如月の持論だ。

実は、夏海が入社してすぐ、如月はかなりあからさまに彼女の腕や肩に触れたりした。聡の話を聞き、試す意味もあったからだ。

夏海はそんな如月の態度に、まるでバージンのように身を固くした。

軽蔑の眼差しを向ける彼女に、慌てて双葉経由で事情を説明した経緯がある。彼の直感では、夏海の男性経験は限りなくゼロに近い。あれほど警戒心の高い彼女が、聡の誘惑にはすぐに堕ちるのだ。毎夜のように聡の求めに応じるというから、また判らない。

妻の双葉曰く——。

『なっちゃんは一条くんのことが好きで堪らないって感じね。苦労承知で産んだのは、よっぽど愛してたんじゃないかしら？　なんで別れたのか私には判らないわ』

その意見に如月も同意だった。

どこからどう見ても、真剣に誠実に愛し合っているとしか思えない。かと言って、聡の家族や友人が、彼を騙して罠に嵌める理由も思いつかない。

「う〜ん」

唸るだけの親友に、聡は不満げな声を上げる。

「おい。なあ、おい。聞いてるのか、修⁉」

「聞いてるよ。お前、さ……そんなに強くないだろ？　もう止めとけ」

五杯目を注文したのを横から取り消し、聡のためにウーロン茶を頼んだ。

「勝手なことをするな。どうせ自宅まで歩いて数分だ。酔ったらこのホテルに泊まってもいい」

ふたりが飲んでいるのは、複合商業施設内にある外資系ホテルのバーだった。

聡はウーロン茶を断ると、今度は「ダブル……いやロックで」などと言い始める。

バーテンはどうしたらいいのか困り果て、ほぼ素面——水割りグラスを回しているだけの如月にSOSの視線を向けた。

それに気付いた如月は、ふと思いついたことを口にしてみる。

それは、夏海が親子鑑定を拒否する理由は判る、という内容だった。

　聡は鼻で笑うと、

「理由？　そんなもの、一々言われなくとも私にだって判るさ」

「そうじゃない。悠くんがお前の息子だと確定したらお前はどうするんだ？」

「もちろん実子として届ける」

「認知するのか？」

「非嫡出のままにする気はない。夏海と入籍して長男として届ける。夏海が結婚しないと言い張るなら、認知して親権を争う。養子縁組してでも、私の息子にする！　絶対だ！」

　日本の制度上、甚だ不利な言い分だ。しかし、一条家の財力と権力を使えば可能になるだろう。

「ひとつの理由はソレだろうな」

　聡は判らないのかきょとんとしている。

「認知を盾に、子どもを奪われることを恐れてるんだろう」

「それなら……さっさと結婚すればいいんだ。そうすれば」

「で、鑑定で夏海くんの言葉が正しかったと判れば、お前はどうする気だ？」

「どう……って」

「疑って悪かった、と謝罪するのか？」

「とんでもない！　私は彼女との関係は否定してないんだぞ！　ソレと、彼女の身持ちの悪さは別だ！」

「……そういうことだな」

「……どういうことだ？」

「聡、コトが夏海くんに絡むと、脳ミソも股間に移動するのか？」

「修！」

聡は腹立ち紛れにテーブルをドンと叩く。

そのまま、近くにあったグラスを摑み、一気に飲み干した。如月が頼んだウーロン茶だが、どうやら、グラスに入った飲み物の中身など、気にならなくなっているようだ。

如月もひと呼吸入れ、冷たいウーロン茶で気分を一新させる。

「なあ、ちょっとは考えてみろよ。誰のせい、とかは言うなよ。彼女と別れてすぐ、お前は他の女と結婚した。それも、彼女と付き合う以前に見合いした女だ。婚約者のいる三十男が、結婚前の火遊びに二十歳そこそこの小娘を誑し込んだ挙げ句、妊娠させて捨てた。世間にそう思われても言い訳は出来んぞ」

そんな如月の言葉に、聡は真っ赤になって抗議する。

「何を馬鹿な！　私は智香には何もしてないし、結婚を決めたのは夏だぞ！」

「だが見合いをしたのはその前だろう？　お前が彼女を信じないように、彼女もお前を信じないさ。夏海くんが仮にお前の言う通りの女だとしても、自分も遊んでたくせになんで私ばかり責めるんだ、と思ってるだろうな」

聡は空のグラスを睨んだまま黙り込む。

酔った頭でも如月の言い分は理解したようだ。

「思い出してみろよ。お前が二十代前半の女房と別れた頃のことを。人に偉そうなことを言えるか？」

如月の知る範囲でも、自棄になって風俗店に出入りし、クラブで声を掛けた女性と一夜の情事を繰り返していた。

それがちょうど、三年前の夏海と同じ歳の頃だ。

「お前が彼女を責める限り、彼女も折れないだろうな。結婚したいと思うんなら、妥協は必要だ」

聡はひと言も言い返さなかった。

◇　◇　◇

久しぶりの、子どもとふたりきりの休日である。

ここしばらくは休日でも朝から、と言うより、その前の晩からずっと聡が部屋にいた。

〝将を射んと欲すれば〟かどうかは判らないが、悠にやたら高いおもちゃを買ってくるのも困りものだ。

だが、悠は喜んでいる。それもそのはず、今まで母親以外でこんな風に遊んでくれる人などいなかったのだから。ふたりが並んで座っていると目頭が熱くなる。当たり前のように与えられるはずだった父親とのふれあいを、二歳半まで知らずに育ったのだ。それだけではない。聡が一方的に夏海をふしだらと決め付けていることで、悠は父親から我が子と認められずにいる。申し訳なさと口惜しさで、夏海は気が緩むと泣いてしまいそうだ。

「ママぁ。おじちゃん、もうこないの？」

悠は聡になついてしまった。

これも策略か、と思えば悔しさも倍増する。

「おじちゃんはお仕事なの。ママがお休みで一緒にいるから、寂しくないでしょ？　どこかに遊びに行こうか？」

努めて明るく言うが……悠は答えず、そのまま作りかけのブロックに戻ってしまう。

聡は多分、一週間は来ないだろう。昨日、夏海が『今日はダメな日だから』と伝えると、彼はそそくさと帰って行った。聡が夏海に望むのはソレだけなのだ。その証拠に、どれほど激しい口論をした後でも、必ず身体を重ねようとする。

確かに、夏海も望んでないとは言わない。

だが、セックスのための結婚などしたくなかった。彼が飽きたら、今度はどんな言いがかりをつけられて、息子を取り上げられるか想像に難くない。三年前は悠がいたから立ち直れた。でも、今度は……。

夏海は再び捨てられることを考えるだけで、いかに聡を愛しているか思い知らされる。

たとえ嘘でも『愛しているから妻にしたい』と言ってくれたなら……。

また騙されると判っていても、彼の言いなりになるだろう。すでにもう、言われるまま、何度も身体を許してしまっている。

そのとき、夏海の考えを遮るように玄関のブザーが鳴った。


「お宅は、子どもさんとふたり暮しじゃなかったかしら」

「はい、そうですが」

夏海の目の前に、コーポの大家が立っている。咄嗟に思い浮かんだのは家賃のことだが、遅れてはいないはずだ。うるさいと言われるほど騒いだ覚えもない。

夏海の住むコーポは、同じ敷地内に大家が住んでいた。それは、借家人にはいささか住み辛い環境だ。しかも大家も八十代の未亡人。古いコーポなだけに入居者も年配の人が多く、未婚の母というだけで、夏海には以前から風当たりが強かった。

だが、ここに入居する前は風呂なしの、もっと古いアパートに住んでいた。そこは職業も定かでない独身男性が多く、夏海にとっては身の危険すら感じるような場所だった。その劣悪な住環境に同情してくれたのが、春まで勤めていた行政書士事務所の高崎所長だ。彼が保証人となり、このコーポに引っ越せたのである。

大家の女性は夏海の身体を上から下まで検分するように視線を動かす。

「おかしいわねぇ。毎晩、男性がやってきてるって他の皆さんが言ってるんだけど……」

「すみません。最近、ちょっと友人が訪ねてきてまして」

　聡が泊まっていることに問題があるのだろうか？　お客を泊めたら家賃が上がる、なんてことはあるまいが……。

　色々考えながら言葉を濁す夏海に、大家はフンと鼻で笑った。

「友人？　よくもまあ、白々しい。隣近所から、毎晩、妙な声が聞こえてくるって苦情が出てるのよ！」

　なんのクレームかがようやく判り、一瞬で夏海は真っ赤になった。

「小さい子どもがいながら、よくもまあ、歳の離れた男を引っ張りこめたもんね。それとも、ああいうことでもしなきゃ、食べていけないのかしらねぇ」

「それは、どういう意味ですか⁉」

「随分お金持ちそうな男だって聞いてるのよ。だったら、もっといい部屋を借りてもらったらどう？　うちのコーポで、そういう商売されちゃ迷惑なのよ！」

「わたしは司法書士として働いてます。決して、そんないかがわしい仕事はしていません！」

「未婚で子どもを産むような女が、そんなちゃんとした仕事してるかどうか怪しいもんだわねぇ」

　そのあからさまな偏見に、夏海はグッと言葉を呑んだ。

　子どもがお腹にいるときから、ずっと言われ続けてきた。大学卒で資格がある、一流企業で重役秘書をしていた、どれだけ説明しても信用されない。

それどころか、面接官から『不倫でもしてクビになったんじゃないの？』と言われたこともある。

高崎所長の事務所に勤める前、少しの間だけ派遣で働いていたときも、何度となく既婚男性から誘われた。〝そういう女〟だから安心して遊べると思うらしい。

「とにかく、風紀が乱れると困るの。来月中にここを出て行ってちょうだい！」

「待って下さい、そんな急に……言い掛かりです！」

偏見を持つ人間には何を言っても聞き入れてはもらえない。それはここ数年の経験で判っていた。

「わたしの仕事はちゃんとしたものです。資格証もあります。それをご覧いただけたら」

「年寄りだから、簡単に言いくるめられると思ってるんだろうけど……そうはいきませんからね！」

「そんなつもりはありません。でも、ここを追い出されたら困るんです。子どもの保育園もこの近くで」

「あら、お友達のお宅にお世話になったらいいんじゃないの？　それとも、奥様がいらっしゃる方なのかしら？」

「そんなこと……」

そのとき、大家の後ろのドアが勢いよく開いた。

「ちょうど良かった。これ以上、妻と息子をこんな場所には置いてはおけない。来月と言わず、今月中にも引き払おう」

突如現れた聡は、そう言い切ったのである。

「聡さん⁉」

「私は父親として夫として通っているに過ぎない。下種の勘繰りは甚だ不愉快だ」

一介の大家にも容赦なく、辛辣な口調と冷酷な視線を投げつける。

「こ、こんな場所に、若い娘と子どもを囲って……何を偉そうに。何が、夫よ……あ、愛人だって、みんな、言ってるんだから」

夏海相手には完全に見下した態度を取っていた大家だが、聡の登場に表情が変わった。

明らかに仕立ての違うスーツを着て、襟元には少しくすんだ色の弁護士バッチを付けている。しかも、彼は日本人には珍しく百八十センチを超える長身。意図はなくとも威嚇しているように見える。ましてや、意図があればなおのこと。嫌みを言いつつも、大家の声は小刻みに震え、徐々に小さくなっていった。

「ほう、なんの証拠があって愛人呼ばわりするんだ。しかも、司法書士の彼女を、男を家に連れ込んで商売していると言ったな」

大家を睨みつけたまま、聡は狭い玄関に足を踏み入れる。

入れ替わるように、大家はドアににじり寄った。

「妻を娼婦呼ばわりされて黙っているほど寛容ではない。私を愛人と言った全員を、名誉毀損で訴えてもかまわない。私は弁護士だ。一条聡の名で出頭命令が届く可能性もある。覚悟するんだな！」

大家はひと言も発せず、転げるように玄関から逃げ出したのだった。

「聡さん！　出て行くなんて……勝手にそんなこと」

「あそこまで言われて、黙って頭を下げる気か！　君にはプライドはないのか？」

「プライドはあります！　でも、やっと入れた保育園なのよ。園にも駅にも近くて、家賃も安いんです。くだらない意地のために、悠にこれ以上辛い思いをさせるわけにはいかないわ。第一、わたしはあなたの妻じゃありません！」

聡の言葉はハッタリもいいところだ。

「だから、一日も早く結婚すればいい。金のことで悠に辛い思いはさせない。そう言ってるだろう。それに逆らうのは、くだらない意地じゃないのか？」

如月家のような家庭を持ちたい、という夏海に、聡は結婚によるメリットしか提示しない。それが的外れであることに、彼は気付いてくれなかった。

「わたしは、楽な暮らしがしたくて、ああ言ったんじゃないわ。高給取りでなくてもいい、真面目に働いてくれる人ならそれでいいの。足りない分はわたしだって働く。悠の父親になってもいい、じゃなくて、あの子の父親になりたい。そう言って欲しいだけよ」

本当はもうひとつある。

ただ、愛して欲しい。偽りなく、自分だけを愛して欲しい。でも、その言葉を口に出来るはずもない。

「私の収入が多いことは勘弁してくれ。君が働きたいと言うなら止めはしない。双葉さんも子どもを三人育てながら仕事を続けている。如月に出来る協力が、私に出来ないはずはない」

「聡さん？」

これまでとは違う聡の口調に、夏海は驚いた。

「如月に言われたよ。三年前の出来事に行き違いがあるんじゃないか、と。そうかも知れない。私が君と別れて、すぐに他の女性と結婚したのは事実だ。一番苦しい時に、傍にいてやれなかったのも。すまないと思ってる。言い訳なら出来るが……もう、止めにしないか？」

夏海は聡の言葉に眩暈がした。立っていられず、数歩後ろに下がって、キッチンの椅子に座り込む。

強気で押されたら、言い返すことも出来る。

だが今の聡は、飴と鞭を駆使して相手を言いくるめる、弁護士そのものだった。

「私は二度と、自分の正当性を主張したりはしない。悠を産んでくれて……感謝している。あの子の父親になりたい。パパと呼んで欲しいんだ。不満も言いたいこともあるだろう。だが、これ以上ケンカはしたくない。仲の良い夫婦になれないだろうか？　悠のために、私と一緒に努力してはもらえないか？」

聡は、夏海の後を追うように靴を脱いで上がり込む。

「私は、残り半分の人生を、君と息子に捧げる。誠実な夫であることを約束する。君も、そう約束して欲しい。――頼む」

椅子に、呆然と座り込む夏海の前に、聡は跪いた。

そのまま彼女の両手を優しく包み込むように握り締める。聡の視線は真っ直ぐに夏海をみつめていた。

弁護士の説得に応じるなんて愚かだ。

聡はひと言も夏海を疑ったことを詫びてはいない。自分が間違っていたと認めたわけでもなく、愛の言葉を囁かれたわけでも……もちろんない。

それなのに、中身はないと判っていても、優しい言葉に心が震える。

温かい手を振り払うことが出来ない。

だが、夏海が答えを出す前に、

「パパ？　おじちゃんパパなの？　ゆうくんのパパ？」

ただならぬ母親の様子に、黙って見ていた悠が駆け寄る。大好きな聡の『パパ』という言葉に、すぐに反応した。

「ねえママ、おじちゃんゆうくんのパパ？　パパってよんでいいの？」

悠の瞳がきらきら輝いている。

（――降参ね）

聡の説得には抗えても、息子に嘘はつけない。

「ええ……そうよ。悠のお父さん……パパって呼んでいいのよ」

「やったぁ！　パパだぁ！」

悠は、人生で初めて出会った父に喜び勇んで飛びついた。

「夏海……ありがとう」

息子を抱き締める聡に、イエスの代わりに、ぎこちなく微笑む夏海だった。

# 第三章　結婚

そうと決まれば聡の行動は早かった。

善は急げとばかり、その日のうちに婚姻届を提出したのである。

「そりゃあ、また……凄い進展だな」

週明けに事務所で結婚の報告を聞き、如月は開いた口が塞がらない。

驚いたのは事務所のメンバーも同じだ。しかも夏海の子どもの父親が聡だと聞き、状況がさっぱり判らない。

だが、「道理で……最近、一条先生が丸くなったと思ったんだ」とひとりが言い出すと、

「上機嫌だもんね。やたら仕事も取って来なくなったし」

「そうそう。こないだも、クライアントにゴールデンウィークはない、とか言って休み返上したくせにね。盆休み用のグアムやハワイ旅行のパンフレット見てるんだもの」

派遣たちは一様に声を上げて笑う。

その中で、「それならそうと、言っておいて下さいよ」などとひとりブツブツ言ってるのが、夏海と同じ年齢の安西弁護士だ。

安西は夏海が入ってすぐ、うっかりランチに誘い、おまけにデートまで申し込んでしまった。それが聡の耳に入り……後は言わずもがな、である。

如月が相手なら直接文句は言えず、夏海に嫌みを言う程度だが、安西となると話は別だ。チクチク苛め続ける聡に夏海は眉を顰め、彼女のほうから安西に近づかないようにしたのだった。

周囲は、かつての恋人が自分の子どもを産んでいたことを知り、結婚を前提で入社させたのに違いない、と聡にとって都合よく誤解した。「ピエロみたいだ」と愚痴る安西を「まあまあ」とみんなが宥め……概ね、全員に祝福してもらえたのだった。

婚姻準正により悠は聡の嫡子となり、全ての手続きを一度に済ませ、夏海とともに一条姓に変わった。

「ふたりとも、今月末にはマンションに越してくることになった。悠もビル内にある保育施設に預ける。夏海にはこれまで通り、私の秘書と司法書士を兼任してもらうつもりだ」

そんなことを言いながら、聡は保育施設の申込書にせっせと記入している。

父の欄に名前を書くのがよほど嬉しいらしい。長い付き合いの如月でも、そんな聡を見るのは初めてで、目を丸くしている。

「なあ聡、ところで、親父さんたちには言ったのか？」

如月は苦笑しつつ何気ない質問をした。

だが、聡の手はピタッと止まる。

「それが問題なんだ」

聡は二度目の離婚騒動以来、親元には匡の結婚式と正月にしか戻っていない。

しかも、さらに大きな問題があった。

「夏海の実家にも挨拶に行かなきゃならんのだが。さあ、なんと言って話をまとめればいいのか……」

シングルマザーの夏海と結婚する、というだけでは済まない。

彼女の子どもは聡の実子だと伝える義務がある。妊娠発覚直後ならともかく、子どもが二歳半になるまで何をしていたのか、という話になるだろう。まさか、その間に他の女性と結婚式を挙げました、など言えるはずもない。

「どう贔屓目に見ても、愛人として囲っていたけど、離婚のほとぼりが冷めたので入籍しました、ってとこだな」

「それを言うな」

他の社員の感想も、正直に訳せばそんなところだろう。

「一条の親父さんにはなんて言う気だよ。妊娠した彼女と別れた挙げ句、とんでもない女と結婚して騒動起こしたんだ。叱られるくらいじゃ済まんだろう？」

「それだけじゃない。悠を実子だと説明することは……そういうコトだろう？　で、智香との裁判の件だ。アレをどう説明すればいいのか判らん。それに、母はともかく、父は匡と夏海の関係を知ってるんだ」

三年前、夏海が退職して匡と彼女の縁談はなし崩しで終わった。聡との関係を知らない実光は、夏海に対する失望を口にしたこともある。

「ああ、クソッ！　今思えば、余計なことを考えず、夏海と結婚しておけば良かった。そうすれば、こんな面倒な事にならずに済んだのに」

ポンポンと聡の肩を叩きながら、如月は笑う。

「結構なことだ。いいか、もう失敗は許されんぞ。彼女の逆鱗に触れて、逃げられるようなことだけはするな。ひとりじゃない生活に慣れたら、ひとりには戻るのは辛いぞ」

「判ってる。このひと月あまりで身に染みてる。もう以前には戻れないし、戻りたくもない」

ずっと逃げ回ることなど出来ない。親子三人の生活に落ち着いたら、順に挨拶に行こう。それまでには上手い言い訳も思いつくかもしれない。

夏海との結婚は、聡を楽天的な性格へと変えて行きつつあった。

六月末、夏海たちは聡のマンションに引っ越した。
その翌日、午前中には外せない仕事があり、夏海は悠をこれから通う保育施設の一時保育に預けた。午後は部屋の片付けのため半休を取っている。

新しく悠を預けるところは、これまでの保育園とはまるで違っていた。

保育士の数も多く、安全面も行き届いており、ウェブカメラで保育中の様子まで確認出来る。同じビル内で働く夏海にすれば、休憩中に会いに行くことも出来るという、最高のロケーションだった。

但し、基本の保育料だけでこれまでのなんと五倍。

場所が場所だけにこの数字が普通なのだろう。とはいえ、「給料の半分が飛ぶわね」と夏海はこぼしてしまう。

「幾らかかってもかまわんだろう？　君が働くのは生活のためじゃない。だが、来年か再来年には幼稚園だ。それまでには家を建てて落ち着く場所を決めよう」

ひとりで迎えに来てそのまま帰る予定が、なぜか聡も一緒だった。

「そう、ね。ここは便利だけど、子どもが暮らすには最適な場所じゃないもの」

「ああ、その頃には、悠に弟か妹が出来てるかもしれないしな」

「聡さん」

「可能性はあるだろう？　現に昨夜だって……」


入籍からこちら、聡の主導でほとんどの物事が進んでいた。

彼の家はオフィスビルと同じ複合施設内に建つタワーマンションの二十二階。間取りは十畳サイズの洋室が二部屋と、二十五畳もあるリビング。夏海たちがこれまで住んでいたコーポなど、玄関フロアとキッチンに収まってしまうサイズだ。引越しは、梱包から荷解きまで手間要らずのお任せパック。コーポの掃除も全て業者を頼んだ。大家や近所への挨拶すら、必要ないと言って、聡は取り合ってくれない。

結婚後の生活スタイルも同様だった。

聡は今まで書斎にしてきた部屋を子ども部屋に決めた。まだ早いという夏海の声を無視し、専用の勉強机や幼児用のパソコンまで用意する始末である。

悠には子ども用のベッドが与えられ、昨夜は初めて母子が離れて眠った。

何度覗いても熟睡していた悠と違って、傍らに聡がいなければ、夏海は寂しくて眠れなかっただろう。

結婚してから、聡はいつも夏海と一緒にいる。

そしてふたりきりになると……世間一般の新婚となんら変わることはなかった。

昨夜も夏海がシャワーから出たとき、聡はソファに座り寛いでいた。彼の手招きで近寄ると、すぐさま夏海を膝の上に乗せ、キスが始まる。

「仕事、しなくていいの？」

結婚してからの聡は、残業もせず、休日出勤もゼロ、出張も最低限。一日二十時間近く、起きている間は仕事ばかりしていた男と同一人物とは思えない。

夏海にすれば、逆に心配になってしまう。

「これまでが働き過ぎだったんだ。悠のためにも、過労死はしたくない。仕事を減らしても食うのには困らないさ」

聡の返事は微妙で、夏海を困らせる。

「そんな心配はしてないけど。あなたのプライベートを全部奪ってる気がして、縛り付けてるなんて思われたくないわ」

「何が？」

「悠と居るのは楽しい……君と居るのも。こんな穏やかで快適なものだとは知らなかった」

「結婚生活が」

「二度もしてるくせに」

決して嫌みではない。夏海にしたら当然の疑問だ。

しかし、聡の返事は予想外のものだった。

「それを言うな。最初のは結婚ごっこだった。二度目は、生活すらしてない」

聡は夏海の長い髪を指でクルクル巻き、毛先に口づけながら囁く。

その投げやりな台詞に、夏海は如月から聞いた言葉を思い出した。

「成田離婚って聞いたわ。奥さんが実家に帰ったって」

「そう言われると、聞こえがいいな。でもちょっと違う。本当は私のほうが逃げたんだ」

「え？」

「とんでもないあやまちを犯したと、式の後に気が付いた。旅行は悲惨なものだった。成田に着くなり結婚の取り消しを伝えて姿を消した。後は離婚専門の弁護士に任せて逃げていたら……告訴された。笑えるだろう？」

自虐的に笑う聡に、夏海は胸が切なくなる。

結婚して幸せに暮らしているとばかり思っていた。だからこそ、彼の妻を羨み、自分たちを捨てた聡を憎んだのに。

夏海は聡の頭をそっと抱き寄せ、

「わたしからは逃げようと思わない？　入籍したこと、後悔してない？」

自分でも不思議なくらい、柔らかな声だった。うっかりすると『愛してる』と言いそうになる。

返ってきた聡の言葉も、あまりに素直で優しいものだった。

「三年前、こうしてれば良かったんだ。どうしてすれ違ったんだろう。匡が……」

夏海は、スッと聡の唇に指を当てた。

「もう、その話は止めて。責めるのも責められるのも、もう嫌。抱いて……聡さん」

「夏海……君は私の妻だ」

狭いコーポと違って誰にも遠慮は要らない。そのままソファの上で、ふたりは一糸纏わぬ姿となり、甘く長い夜を過ごした。

途中、夏海は避妊を思い出したが……。

「必要ないだろう？　妻を抱くのに、そんなものは要らない」

聡の言葉に、夏海はノーと言わなかった。

昨夜のことを思い出すうちに、夏海の心に不安が忍び寄ってきた。

聡の妻と名乗ることに躊躇（ためら）いを覚える。理由はひとつしかない。再会から一度も、聡が夏海の切望する言葉を口にしてくれないせいだ。

今も隣で悠を抱え、「弟がいいか？　妹がいいか？」と嬉しそうに聞いているが……。

（こんな時間が、いったい、いつまで続くのかしら？）

聡と寄り添い、親密に過ごす時間はこの上なく幸福だ。一度認めてしまえば、求める気持ちに抗うことなど出来ない。

だが離れた瞬間、たとえようのない孤独が夏海を襲う。

「午後はクライアントとの約束はなかったな。私も一緒に戻ろうかな」

悠と離れがたくなったのか、聡はそんなことを言い始めた。

「でも、週明けまでに作成しなければならない書類が……」

夏海が言い返すと、「そんなに私と一緒が嫌なのか？」彼はムッとする。

「そんなことは言ってません」

書類は家で作成する、後は如月に任せる、聡はそう宣言した。

一度言い始めたら聞かない男だ。夏海は反論せず、書類を取りに行くという聡に付き添い、オフィルビルの二十階まで戻って来たのだった。

「すぐに戻る」

そう言って聡だけ事務所に向かって歩いて行く。

しばらくは、エレベーターホールの窓から見える二十階の景色にはしゃいでいた悠だったが、しだいにその代わり映えのない眺めに厭きてしまう。

そして、夏海の目を盗んで、パパの歩き去った方向へ駆け出したのだった。

本当に、すぐに戻るつもりだった。

だが、事務所のドアを開けた瞬間——聡は、そう簡単には戻れないことを悟る。

「こんなところで何をしているんです?」

そこに立っていたのは聡の両親、実光とあかねだった。

「何を、じゃない! 結婚とはどういうことだ! 私たちは息子の結婚を他人から聞いたんだぞ!」

「そうですよ、聡さん。バツが悪いのは判りますよ。でも、ずっと黙っておけることではないでしょう?」

(どこでバレたんだ? 一ヵ月やそこらはごまかせると思ってたのに)

聡は年甲斐もなく、不謹慎な考えをめぐらせる。

「判りました。その件は来週にも家に戻って話します。ですから」

「相手は、あの織田くんか？」

父の言葉に、聡は視線を如月に向ける。

だが、如月は軽く両手を上げ、左右に首を振った。

父はふたりの態度に何か察したらしく、「戸籍を確認した」と付け足す。それは、すでに息子の存在も知られているということだ。

「夏海さんの産んだ子どもさんを、どうして聡さんが認知したの？　母さんに判るように説明してちょうだい」

そんな母の言葉に、聡は開き直るよりほかなかった。

「理由はひとつです。僕の息子だからですよ」

「そんな馬鹿な話があるか！　ちょうどお前が結婚した頃に生まれとるじゃないか。それでどうしてお前の実子なんだ！」

「そうですよ！　あなたの子どもなら、どうして夏海さんと結婚しなかったの？」

ほぼ同時に両親は声を上げた。

その通りだろう。今となっては、自分でもよく判らない。あれほどまでに怒って彼女を跳ね除け、辞職後の行方すら探そうとしなかった。挙げ句に他の女と結婚して……いや、もう止そう。

「とにかく、そういったことも全部、家で話します。ここではちょっと……」

「しかし、なんだってまた、このとき期なんだ。匡が……あ、いや」

「子どもは本当にあなたの子どもなの？　それとも何か事情があってあなたが面倒を見ないといけないの？」

父は口ごもったが、事情の知らない母は別の意味で聡を問い質す。

「いや、ですから、それも……」

幸いランチタイムで如月以外は全員が事務所を空けていた。部下に親との確執など見られたくはない。それに、夏海たちも待たせてある。

とにかく、事務所から連れ出し、夏海たちが待つエレベーターホールとは逆のエレベーターに誘導しようとしたときだった。

「パパぁ！」

廊下の角を曲がり、父親を見つけた悠が叫んだ。悠は一目散に走ってくる。そのまま、実光とあかねの横をすり抜け、聡に飛びついた。

少し遅れて、悠の後を追って来た夏海は、実光らの姿に驚きを隠せないようだ。

聡は追い返す計画を諦め、大きく深呼吸した。そして笑顔で悠を抱き上げると、夏海の隣に立つ。

「紹介するよ。妻の夏海と息子の悠だ。悠――お前のおじいちゃんとおばあちゃんだぞ」

「おじいちゃん？」

悠は言い慣れない言葉を口にして、不思議そうにみんなの顔を見回している。

「一条社長……奥様も、ご無沙汰しております。その節は大変お世話になりました」

夏海は秘書の顔になり、深々と頭を下げたのだった。


十分後、ちょうど昼食から帰ってきた双葉に悠を預け、四人は所長室の来客用ソファに向かい合って座っていた。

「こんな形で、再び君に会うことになるとは、思わなかった」

実光の、とても好意的とは言い難い声色に、夏海は身を竦める。

一方、あかねは、

「そうですよ！　あんな可愛い子を授かりながら……どうして、ちゃんと結婚されませんでしたの？　聡さんも聡さんですよ！」

こちらは、夏海に対する怒り、と言うより、悠の顔を見た瞬間に聡の子だと判り、これまで知らされていなかったことへの憤りがほとんどに思える。

「聡さん……あなたがこういうことをする男性だとは思いませんでした。もっと、誠実で責任感のある方だと思ってましたのに。私たちが孫を欲しがっていたことはご存知でしょう？　後継ぎに寄越せだなんて、非道なことを言うつもりはありませんよ！　でも、知らせてもくれないなんて……あんまりです！」

どうやら、『愛人として囲っていたけど、離婚のほとぼりが冷めたので入籍しました』といった誤解をしているようだ。

「母さん。何か誤解してるようだが……」

「誤解じゃないというなら、判るように説明してちょうだい！」

「ああ、もちろん、そのつもりです。でも」

「あの子はあなたの子どもでしょう！　あなたの幼い頃に生き写しです！」

「だから、さっきからそう言って」

「二……三年前の十二月と言えば、あなたがあの病院の娘さんと結婚した頃じゃありませんか？　同じ時期に生まれているのはどういうことなのかしら？」

「ええ、ですから……」

「それに、あの騒ぎは一体なんでしたの？　あなたには子どもがいるじゃありませんか！しかも、今になって夏海さんと結婚なんて！　そんな無責任な……子どもが可哀想だとは思わなかったんですか？　いい歳をして、恥を知りなさい！」

「……」

さすがの聡も母親には弱いらしい。

まともに言い返すことも出来ず、完全に口を閉じてしまった。どうやら、母の怒りが納まるまで待つつもりのようだ。

夏海はそんな聡の様子に不思議な感慨を覚えていた。

——コンコン。

ドアがノックされ、あかねの攻撃が止まった。

絶好のタイミングで双葉がお茶を持ってきてくれた。

夏海は立ち上がり、双葉からトレイを受け取る。

「あの、悠は？」

「大丈夫よ」

「……すみません」

「頑張って！」

ヒソヒソと囁き合い……去り際に双葉は、ウインクして小さなガッツポーズを見せてくれた。

夏海も精一杯の笑顔で応える。

ドアが閉じられ、お茶を配り終えた夏海が席に戻る。それを見計らい、再び口を開こうとしたあかねに先んじたのは夏海だった。

「全て、わたしが悪いんです。奥様、申し訳ありませんでした」

そう言いながら、両手を膝に揃え、手の甲に額が付くほど頭を下げた。

聡は基本的に嘘の苦手な人間だ。その仕事振りを見ても判る。業務上、止むを得ないときは、ポーカーフェイスで黙り込むのが彼の手口だ。

相手の情報を引き出せるだけ引き出し、自分に都合の良いように誘導していく。

三年前もきっとサインは出ていたのだろう。愚かにも、恋に不慣れな夏海が、それを見逃してしまっただけだ。

でも、今度ばかりは彼の思惑通りに動くわけにはいかなかった。

いつまでも愚かな小娘のままでは、大事な子どもを奪われかねない。夏海は咄嗟に計算して、責任の所在がウヤムヤになるような嘘をつく。

「聡さんはご存知なかったんです」

「夏海？」

聡の声は不安そうだ。

「それは……どういうことだね」

実光は聡ではなく、夏海に向かって尋ねた。

「――あの、常務とのお見合いだと言われた日、聡さんに初めてお会いしました。わたしは、ひと目で惹かれて……実は、そのままお付き合いさせていただいていました」

「まあ、なんてことでしょう！」

あかねは本当に気付いてなかったのだろう、目を丸くして声を上げる。

「今となっては、何が原因なのかも覚えていません。でも……些細なことでケンカしてしまって。わたしが妊娠に気付いたのはその後です。不安でしたけど、意地もあって……何より、聡さんから折れて会いに来てくれると楽観していました。でも、お腹はドンドン大きくなって。そんなとき、新聞で聡さんの結婚を知りました。そうなって初めて、伝える機を逃したことに気付いたんです」

伏し目がちに瞳を潤ませ、それでもハッキリした口調で夏海は答える。

そんな彼女の横顔を、聡は食い入るようにみつめていた。

「まあまあ！　どうして、私たちに会いにきてくれませんでしたの？　会社も辞めてしまって」

あかねのほうが感極まってハラハラと涙をこぼし始めた。

「会社では常務との縁談が噂になっていましたから。そんなときにわたしのお腹が大きくなったら、余計な誤解を生むと思ったんです」

「なんてことかしら……」

「それならどうして、聡があの笹原の娘と別れたときに来なかったんだ！　今になって」

一気に同情的になるあかねと違い、実光の声は夏海を責めていた。

夏海が息を呑んだとき、入れ替わるように聡が声を上げた。

「夏海は知らなかったんだ！　経済紙は僕の結婚を記事にしても、離婚は記事にしなかった。彼女はずっと、僕が結婚して幸せに暮らしていると誤解したまま、僕の家庭を壊さないためにひとりで育てて来たんだ！」

聡の釈明に実光は口を閉じた。

夏海は知らなかったが、離婚騒動がスキャンダラスな記事にならないよう、手を回したのは実光だった。

「じゃあ、周りに内緒でお付き合いされてたとか……そういうのじゃないのよね？」

あかねはまだ、『内縁の妻』『愛人関係』といった状況を思い浮かべているようだ。

「違いますよ。僕は独身なのに、そんな理由がないでしょう？　彼女が行政書士として働いていた事務所が、この春に閉鎖したんです。そこの所長の紹介でうちに来ました。最初は、子どもの存在に驚きました。でも、彼女の誤解を解いて……とにかく、あの子ために も一刻も早く入籍したかったんです。事後承諾になったことは謝りますが……」

あかねはハンカチで口元を押さえながら、一旦立ち上がると、夏海の隣に座り直した。

「馬鹿ですよ、夏海さん。そんな、ひとりで子どもを産んで育てるなんて。どうして、頼って下さらなかったの。仮に、聡さんが他の女性と婚約していても、別れさせましたのに……。判ったときに、言ってきて下さればよかったのよ」

夏海の手をギュッと握り、あかねは訴えかけるように言う。

「す、すみません。本当に……」

ここまで切々と言われたら、夏海は申し訳なさに身の竦む思いだ。

聡の所業はともかく、悠と祖父母を引き離そうとしたことは、夏海の間違いだったのかも知れない。

夏海がもう一度謝ろうとしたとき、

「夏海が悪いんじゃない！」

聡は夏海を庇うように声を上げた。

「僕が愚かだったんだ。今となれば、どうでもいいようなことで怒って彼女と離れた。挙げ句、好きでもない女と結婚して……あんな騒動を引き起こして、父さんたちまで巻き込んだ。申し訳ないと思ってる。自棄になって結婚などせず、会社を辞めた彼女を探して会いに行ってれば、あんなことにはならなかったんだ」

彼の言葉が、本心から言っているように聞こえる。

そんな聡を見て、実光は大きく息を吐いた。

「結局、あのときの裁判でのアレはなんだったんだ？　あの診断書は偽物か？　お前はどんな検査を受けたんだ！」

「いや、それは……」

実光の質問に、珍しく聡の視線が泳いだ。よほど答え辛い内容らしい。

だが、夏海にはなんのことか見当もつかない。彼女が聞いているのは、智香から訴えられ、入籍はしなかったが離婚同様の慰謝料を支払った——それだけだ。

「裁判、て……離婚されたときですよね。何かあったんですか？」

夏海にも聞かれ、聡は観念したように話し始めた。

「何度も断ったが、彼女は私との結婚を望んだ。それで私も……。だが、言っただろう？　式の直後にとんでもない間違いを犯したことに気付いたって。無論、結婚した以上は責任を果たすつもりだった。でも……」

聡は一旦言葉を切る。

そして、目の前のお茶をひと口飲み、ようやく言葉を繋いだ。

「とにかく、夜が……ダメだったんだ。だから、戻るなり結婚を取り消そうとした。もちろん、彼女には充分な慰謝料を支払い、名誉も守るつもりだった。ところが――」

智香は何がなんでも入籍を迫ってきた。彼女の聡に対する執着は異常だった。世間一般の愛情を超え、病的なほどだったという。

「結局、夫婦生活を送れる状態じゃない、と証明することになり、医者の検査を受けたんだ。でも、今度は逆に、重要事項の告知を怠ったと言われた。金で済むならと思ったんだが、婚姻相当として財産分与も求めてきたから、さすがに承服しかねてね。一年くらい揉めたんだ」

信じ難い告白を聞き、夏海は言葉もない。

最初に逢ったとき、クローゼットでいきなり押し倒してきた。そして、わずかひと月の間に、夏海を愛と言う名の天国に導き、果ては地獄まで案内してくれたのだ。

そしてそれは再会してからも変わらない。

昨夜もそうだ。ソファからベッドに移動し、彼の欲情に翻弄され、いつしか夏海も我を忘れて応えていた。

そういうときの彼自身は――夫婦生活を送るのに申し分ない、としか形容しようがない。

「そんな、嘘です。だって、そんなこと」

ダメじゃないでしょう、と言いそうになり、夏海は聡の逞しい姿を想像して、頬が熱く火照ってしまい……。

「信じられないって顔だな。まあ、無理もない。君相手に、そういう状態になったことはないし……むしろ」

薔薇（ばら）色に染まった夏海の頬は、見るだけで触れたい誘惑に駆られる。

初めて逢ったときから変わらない。夏海は存在だけで、聡から理性の仮面を剝ぎ取り、秘めた欲望を引きずり出させる。

そう、両親の視線を感じる、このときですら、彼は抱き寄せたい衝動を必死で抑えていた。

「とにかく、そういう理由で別れるときは大変だったんだ」

聡は、わざとらしい咳き払いをひとつすると、わずかに残った理性を総動員して、視線を夏海から引き剝がした。

聡の告白に室内は静まり返り……そんな中、実光が口火を切った。

「織田、いや、夏海くん。すまんが、母さんに、その……悠くんだったかな。孫に、会わせてやって欲しいんだが……かまわんだろうか？」

孫、という言葉に力を込める。

実光の声から幾分険しさが消えていた。

「はい。もちろんです」

「ああ、それがいいな。父さんは？」

「私は……後でいい。聡」

その微妙な空気は夏海に伝わったようだ。

彼女はスッと立ち上がる。

「では、奥様。悠に会ってやって下さい。あの子も喜びます」

「ええ、そうね。でも、夏海さん、あなたは聡さんのお嫁さんなんだから、お義母さんと呼んで下さらない？　ねぇ聡さん」

孫の二文字に浮き足立っているのか、あかねは夫の表情など気にも留めず、ニコニコしている。

「まあどうしましょう。こんなことなら、お土産を持ってくるんだったわ」

そんな言葉を口にしながら、急ぎ足で部屋を出て行く。

続いて夏海も一礼をして、所長室を後にした。

ドアが閉まり、室内は一瞬で静まり返った。

そして――。

「本当にお前の子か？」

ふたりきりになるなり、父は核心を突いてきた。

「悠の顔を見ただろう？」

「幼い頃は、四人ともよく似とった」

「何が言いたいんだ？」

夏海と匡の関係を聡が知らなかったら、父はそれを気遣ったのだろう。

「これはあくまでも可能性だが……匡の子どもということも。いや、お前の言うことが嘘だとは言わんが」

父の心遣いが余計に聡を惨めにする。

「遠まわしに言わなくてもいいよ。三年前に匡から直接聞いてる。母さんは知らないんだよな？」

「うむ。知れば複雑だろう」

「なら、母さんには何も言わないでくれ。余計な心配は掛けたくない」

聡はそのまま席を立つと、窓際まで足を進めた。

エアコンで室内の空調は整っている。だが、息苦しさを消すことが出来ず、彼はほんの数センチしか開かない窓を開け、大きく息を吸った。

地上約百メートルの風が吹き込んできて、聡の髪を撫でていく。

「親子鑑定はしたのか？　まだなら、ちゃんとしておいたほうがいいぞ。どちらにしても私たちの孫に違いはないと思うが……お前たちにとっては大違いだろう」

ここで親に向かって、放っておいてくれ、と言えるほど、聡も若くはない。

「僕の子だとハッキリすればいいが、違うとなれば厄介なことになるだろう」

「お前は、本当にそれでいいのか？　いや、まあ、身体のことを考えたら、血の繋がりがあることに違いはないが……」

父の心配は見当外れもいいところだ。

聡は振り返ると、苦々しげに吐き捨てた。

「それは無用の心配だ。夏海は僕にとって特効薬なんだ。悔しいけどね。近いうちにふたり目も授かると思うよ」

悔しいのは本音だった。

どれほど妥協しても、夏海を求めてしまう。あの笑顔が、優しさが、愛と見紛うほどの熱情が、全て真実であれば、と思い……聡は慌てて打ち消した。

だが同じ男として、父は聡の心情を察したらしい。

「そうか……そればっかりは理屈ではどうにもならんからな。私も、夏海くんを認めよう。お前のため、孫のためだ。だが、ひょんなことで焼け木杭に火が付くこともある。匡とふたりきりで会わせるのだけは避けた方がよかろう。万一、由美さんの耳にでも入れば、今は大事なときだ」

由美は妊娠八ヵ月目に入ったばかりだ。

放蕩息子の代表だった匡だが、今はすこぶる真面目である。だが三年前、匡が夏海から妊娠の事実を聞いていたら……。

匡は悠を自分の息子だと思うかも知れない。

「ああ、判ってる。夏海のことを信じようと思ってる。だが、もし、もう一度僕を裏切ったときは、子どもは奪い取って一条家から叩き出す！　そのときは二度と赦さないし、彼女の身体に未練を残すようなつもりもない！」

求婚のときに約束したように、忘れる努力はしていた。

だが思い出して口にすれば、込み上げた感情は無意識に怒りへと変換される。

それが、とんでもない誤りだと気付くこともなく、拭いきれない不信が、彼の心から愛の言葉を消去し続けたのだった。

あかねは、幼い悠の姿を見るなり抱き締めた。

そして夏海の手を取ると、「苦労したでしょう。これからは遠慮なく甘えてちょうだいね。なんでも、頼ってくれたらいいのよ」そう言ってくれたのだった。

所長室であかねの涙を見たとき、夏海は初めて自らのあやまちに気付いた。

聡に対する憎しみや悲しみで、あかねたちにも何も知らせなかった。知らせていれば、悠に寄る辺のない寂しさや孤独を経験させずに済んだのだ。

我が子の存在すら知らなかった、と聡が怒っても、申し訳ないとは思わない。いや、むしろ、自業自得だとすら思う。

だが、家族の気持ちなど考えず、どうせ無駄だと自分ひとりで背負い込んでしまった。

そのとき、夏海の心に実家の両親のことが思い浮かんだ。

家を出てから一度も連絡を取っていない。

（ひょっとしたら、わたしのこと、探してくれたりして……。お父さんもお母さんも元気かな？）

夏海は急に不安に駆られる。

黙り込む夏海をどう思ったのか、あかねは聡の結婚に至る事情や一条家の近況を教えてくれた。

聡は何も話してくれないので、夏海には驚く事ばかりだった。

「夏海さんが会社を辞めてすぐかしら、次男の稔さんが離婚してしまったの」

夏海と聡が〝クローゼットの情事〟に陥った原因とも言える、次男の稔だが……。

五年連れ添った妻と離婚し、そのまま家を出たという。そしてあのときの情事の相手、家政婦の亮子と再婚した。

一条グループの後継者と目されていた彼の不祥事に、周囲は大反対したそうだ。

だが、稔は自分が無精子症で子どもは望めないことを親に告白し、後継者の座を降りたのだった。

その後、外聞を憚（はばか）った実光が、稔の本社取締役を解任し、社長の肩書きも外してロンドンの支社長として海外に赴任させた。

今年の春には本社に戻ってきたというが、亮子に連れ子がいて不倫の末の再婚ということもあり、実家には全くと言っていいほど顔を見せないらしい。

そして、

「稔さんの離婚の事情が事情だけに、親として申し訳なくて。そんなときに、聡さんが縁談を了承してくれて……」

あかねは、稔に対する負い目を忘れようと、ことさら熱心に、聡の縁談を進めてしまった。

「聡さんは母親想いで、とてもやさしい方だから……子どものことさえ知っていれば、あなたにも決して不実な真似はなさらなかったはずよ」

肩を落としつつ、それでも息子の誠意を信じ、あかねは全て自分のせいと言う。

夏海の立場では簡単に頷くわけにもいかず、曖昧に微笑むしかない。

もうひとり、夏海と同じ歳の聡の妹、静だが——ジュリアード音楽院に留学し、今は、ニューヨークを基点にピアニストとして活動しているという。アメリカ人の恋人もおり、結婚の話が出やしないかと、実光は戦々恐々としているそうだ。

そして、匡の結婚と間もなく子どもが生まれることも聞き、

「これだけが明るいニュースかしら」

あかねは嬉しそうに微笑んだ。

「じゃあ、結婚式もなし？　写真も撮らないの？」

聡の両親の奇襲から数日後、夏海は双葉とふたりで事務所の階下にある飲食フロアまでランチに来ていた。

引越しの荷物も片付き、悠も新しい保育施設に通い始めたところだ。

「ん、聡さんは三度目だし。子どももいるし……ね」

「でも、一条のご両親は勧めてくれるんでしょう。身内だけで式と写真撮影だけでもやっとけば？　将来、子どもが見たがるものよ」

夏海も女性である以上、ウエディングドレスに憧れないわけではない。

だが聡は『もう入籍も済ませて一緒に住んでるんだぞ。何を今さら』そう言って両親に断ってしまった。

どうせ悠のための結婚なのだ。結婚に不可欠な愛も信頼もないのに、神様の前で一体何を誓うのだろう――納得の上とはいえ、考えるたびに夏海の胸はチクチク痛む。

そんな夏海の表情に、双葉はストレートに切り出した。

「ねえ、何か悩みでもある？」

「え？」

「結婚一ヵ月でしょ。今幸せでなきゃいつ幸せになるの？　って時期じゃない」

「そう……ね」

そう言ったきり、夏海は俯き、食後のコーヒーカップを両手で廻す。

「子どものために結婚してくれ、とでも言われた？」

図星だとも言えず、夏海は曖昧に答えた。

「まあ……悠のために、努力して欲しいって。仲の良い夫婦になりたい、って言ってたかな」

「でも、アッチのほうは上手く行ってるんでしょ？」

双葉はなるべく明るく、夏海が笑って答えられるように話を振ってくれる。

「まあ、それは、ね。全然『ダメ』じゃないと思う。わざとじゃなかったのかな？」

「う～ん、どうかな？　あの頃は結構マジっぽかったわよ。元々、神経質な性質だから。そうは見えないけどね」

「そうよね。心臓に毛が生えてる感じなのにね」

ふたりで顔を見合わせて笑った。

双葉は夏海の様子を見ながら、

「不満があるならハッキリ言った方がいいわよ。秘密はいいけど不満はダメ。小出しにするのが長続きの秘訣よ」

結婚十四年という双葉の言葉は重い。でも夏海たちは、愛情で結ばれた如月夫妻とは、スタートから違っている。

夏海は軽く首を振り、

「言わない約束で結婚したから……二度と過去のことは言わないって」

「約束は破るためにあるのよ」

「弁護士の妻がそういうこと言っていいの？」

「当たり前じゃない！」

双葉は、聡と智香の一件はよく知っていた。裁判にもなったため、嫌でも耳にしたのだろう。

反面、聡と夏海の三年前の関係はほとんど知らなかった。

如月に尋ねることは簡単だっただろう。でも彼女は妻の権利を振りかざし、夫に男同士の友情を裏切らせるような選択は迫らなかった。そんな双葉は、夏海にとって尊敬すべき女性である。

「双葉さんは凄いな。如月先生も理解があって、素敵な旦那様だし。羨ましい」

夏海は如月家のような家庭が持ちたいと願った。しかし、果たして自分と聡でそんな家庭を築き上げられるのだろうか？

（絶対に無理……全然、自信ないもの）

だが、そんな夏海の憧れを、双葉はあっさりと覆した。

「あ、そう？　でも、うちの亭主、あれで結構遊んでるのよ。上手くやるから尻尾は摑ませないけどね。単独出張のたびに、現地で調達してると睨んでるわ」

「え？　本当に？」

「家庭を最優先にすること、後は病気さえ持ち込まなきゃ、多少のことには目を瞑る気でいるもの」

まさかあの如月に限って、と思うが、そうでもないらしい。

「エッチだって子どもが生まれるたびに減って……今じゃ月イチだし。まあ、もうすぐ四十だから仕方ないんだろうけど。ああ、十年前が懐かしい！」

双葉のあまりに明け透けな物言いに、その方面に不慣れな夏海は赤面して俯くだけだ。

如月と双葉は大学時代からの付き合いだという。当然、如月の親友である聡のことも、その頃から知っていた。

大学時代の様々な武勇伝を聞き、夏海も思わず本音が出てしまう。

「いいなぁ……わたしもその頃の聡さんに逢いたかったな」

「やめといたほうがいいわよ。二十一で五歳上の馬鹿女に騙されて笑いものになってたから。あ、三年前も三十五で同じことしてたっけ、成長しないわねぇ、あの男も」

そう言うと声を立てて笑った。

国内トップクラスの企業弁護士も、双葉に掛かっては身も蓋もない言われようだ。

「ねえ、なっちゃんは？　どんな大学時代送ったの？　彼氏は？」

「全然。女子高だったから、大学で恋人をみつけようとしたんだけど……」

グループ交際ならともかく、いざ一対一になると気持ちが付いて来ず、交際には発展しないままだった。

そう、三年前の春までは――。

「へえ、じゃあ、ひょっとして一条くんが初めての相手？」

「ん、そうなんだけど……ね」

「あんなおっさんに、勿体ない！　メチャクチャ喜んだでしょ、アイツはそういう女の子と縁がなかったはずだから」

　聡は一体、どういう女性と縁があったのだろう？

　夏海にすれば、そっちのほうが気になった。

「まあ、最初は、ね。そう言って……」

　双葉に合わせて軽く返事をしていたつもりだった。

　だが、声にした瞬間、三年前のことが夏海の心にフラッシュバックした。

　胸の底から何かが込み上げてきて、夏海はそれに逆らえなかった。

「最初は、凄く大切にしてくれて、一生自分だけでいてくれるって。でも、急に騙されたって……言われて」

　胸に浮かんだ言葉が、堰を切ったように口から流れ出す。

「なっちゃん？　どうしたの？　大丈夫？」

「だい、じょうぶ……でも、初めてっていうのも嘘なんだろう……って」

「それって、どういうこと？　ねえ、一条くんは子どもが出来たことを知らなかったって聞いてるけど。ひょっとして、アイツ知ってたの？」

夏海は力なく頷く。

「誰の子だって言われたの……堕ろせって。お金を、渡されて……もの凄く怖かった。子どものことを伝えるまでは、とっても優しかったのに」

まるで昨日のことのように、夏海の心に鮮明に甦る。

『ほかに候補は何人いるんだ？　匡だけじゃないんだろう？』

『私と匡と、どちらが有利か天秤にでも掛けていたつもりか？』

『さっさと処分して来い。纏まった金は後で払う。それで二度と私や匡には近づくな！』

聡はそう言って鬼のような形相で夏海を睨んでいた。

忘れようとは思っている。でも、どれだけ努力しても、忘れられる痛みではない。

なぜなら、聡が自らを守ろうと振り下ろした刃は、今も夏海の胸に刺さり、血を流し続けていた。

「何かの間違いだ。誤解してるだけだって、そう思いたかった。きっと、探して会いに来てくれるって。でも……臨月のときに、聡さんが結婚することを知ったの」

棒読みのような、抑揚のない声で夏海は話し続ける。

しかし、中空を見据えていた瞳から、見る見るうちに涙が溢れ……カップを持つ手を濡らしていった。

「なっちゃん！」

双葉の声に夏海はハッとして我に返った。

「え？　ああ、やだ、もう……ごめんなさい。つい……」

「どうして!?　ああ、もうっ！　なんでそんな」

双葉は夏海の告白に驚き、まともな言葉も出ないようだ。

そんな彼女の様子に、夏海は落ち着きを取り戻してきた。ハンカチを取り出し、急いで涙を拭う。

「子どもが生まれた頃はね、凄く辛くて、悲しくて……どうやって、聡さんの幸せな家庭を壊してやろうかって考えてた。でも、彼にそっくりな顔で、悠が笑いかけるの。だから……もういいって思った。二度と会わない、忘れようって。だから、高村先生の事務所に聡さんが来たときは驚いたのなんのって」

「二、三発ぶん殴ってやった？」

双葉は本気のようだが、夏海はクスクス笑って首を左右に振る。

「子どもとは関係ない。そう言われるんだろうなって思ってたわ。なのに、ＤＮＡ鑑定をしろって言うのよ。自分の子どもなら、わたしから親権を取り上げるって。おかしいでしょう？」

「確かに……頭のネジがぶっ飛んでるようね。で、どうしたの？」

「世話にはなりたくなかったんだけど、仕事は欲しかったし、給料も良かったしね。それに、アレでも一流の弁護士じゃない？　本当に訴えられたら、子どもを取り上げられるかも知れないって思って」

「法律上は無理なはずだけど。頭の良い馬鹿って始末に負えないから……。金があるのも厄介ね」

「そうなの。だから、いざとなったら奥さんやご両親を巻き込んで、マスコミを使ってでも抵抗してやるって思った。離婚してたなんて知らなかったし」

「当然ね！　そのときは応援するわよ」

夏海は笑おうとしたが……出来なかった。

「もう遅いわ。だって、結婚しちゃったし。もし別れるとなったら親権は取られると思う。だから、愛されてなくても妻でいなきゃ」

「そんなっ！　とんでもない馬鹿野郎だと思うけど、アイツは間違いなくあなたに惚れてるわ。それも理性を失くすほどにね」

聡に対して辛口の双葉だが、その点だけは必死になって主張する。

だが、夏海は力なく首を振った。

「ふしだらだ、とか、身持ちが悪い、とか……何人もの男性とセックスしたと思ってるのよ。どうしてか全然判らない。愛してたら、たとえ人から何か言われても、わたしの言葉を信じようとするでしょう？　あの人はなんにも信じてくれない。もう、諦めてる。悠のためだから、わたしひとりじゃ何もしてあげられないもの」

「なっちゃんはどうなの？　一条くんのこと」

夏海はクッと唇を噛み締め、正面を向いた。

「好きよ……初めて逢ったときからずっと。愛してるの。今は……幸せよ、妻になれて。いつかまた、捨てられるんだろうな。でも、子どもを奪われたら生きていけないなぁ」

それは、双葉の心を締め付けるほどの、哀しい愛の告白だった。

その夜、如月は双葉に詰め寄られていた。

「どういうこと！」

「いや、どういうって……」

「私が聞いたのと、だいぶ事情が違うみたいなんだけど！　あんた知ってたんでしょ？　修、正直に言いなさい！」

夏海の言う通りなら聡の態度は許しがたい。男と女の関係に口を出すつもりはないが、これではあまりに夏海の立場が弱く不公平過ぎる。

という妻の激昂ぶりに押され、如月は聡の言い分を双葉に説明した。

「と、とにかく……三年前のことは、奴自身も何かおかしいって思い始めてるからさ。ちょっと待ってやってよ。今、追い詰めたら、また閉じこもる可能性もあるから」

「で、あんたはどうなの？　なっちゃんが匡くんや他の男とも関係してたって思う？　少なくとも、引きこもり同然の一条くんより女性経験は豊富でしょ？」

「俺にはお前だけだよ。ま、それはともかく、誰の目にも彼女は男をコロコロ替えて遊ぶような女には見えないね。悠くんはどう見たって聡の種だし……」

「なっちゃんと匡くんの関係を証言したっていう、その友人とやらに確認とってみてよ」

「俺が？」

「イヤなの？」

「いえ……時間、作ります」

どうあがいても、妻に頭が上がるはずがない。

それに、如月にも気掛かりなことはあった。

全てを忘れたように言ってはいるが、聡は今も過去の出来事にこだわっている。信じたいけど信じられない。

そんなやり場のない思いは、いつ夏海に向かうか判らない。

「結婚したばっかりの新婚さんじゃない！　なのに、捨てられるのが怖いって、子どもを奪われたら生きていけないって泣くのよ。一条くんのことが好きだって、ずっと愛してきた、妻になれて幸せだってポロポロ涙をこぼすのよ！　あのままじゃ壊れちゃうわ。なんとかしてあげて！」

聡が再び傷つくのを恐れて攻撃すれば、今度は間違いなく夏海にとどめを刺すだろう。

そしてそれは、聡自身の、息の根を絶つことになるとも知らずに……。

◇　◇　◇

七月の第二週、夏海は聡と悠を伴って実家に足を踏み入れた。

夏海の実家は葛飾区の掘切で小料理屋を営んでいる。父の慎也が十六歳から修行して、十八年前に独立した店だ。九歳年上の兄、慎一が結婚して実家に戻り、店を継ぐために板前修業中のはずであった。

聡と出逢った三年前、夏海が実家近くでひとり暮らしをしていたのは、兄夫婦にふたり目が生まれたからだ。店舗付きで住居部分はそれほど広くはなく、二世帯に改築するほどの予算もない。そのことを気にして、就職と同時に夏海は独立した。

だが、夏海が未婚の母になると聞いたとき、父は『ひとり暮らしなどさせるんじゃなかった』と随分後悔していた。

「あの……長い間、連絡しなくてゴメンなさ」

わずか三年で父も母もかなり老けたようだ。頭に白いものが多くなっている。

そんな父は娘の顔を見るなり駆け寄り、その頬を叩いた。直後、父は娘を抱き締め、大粒の涙をこぼしたのだった。

聡は、叩き出されるかもしれないと心配していたが、ふたりはどうにか部屋に上げてもらえた。

結局、聡の両親に話した内容と同じ釈明を繰り返したのである。

「知らなかったこととはいえ、夏海さんには随分苦労をかけてしまいました。これから、一生を懸けて償っていきたいと思っています。どうか、お許し下さい」

聡は畳に手をつき、深く頭を下げた。

その言葉は、体裁を繕うための偽りに過ぎない。それを承知で夏海の心は少しだけ癒されたのだった。


夏海の両親は孫可愛さで聡を許してくれた。

三年ぶりに実家と行き来できるようになり、夏海は安堵する。だがこの三年間に、一条家に負けないくらい色んなことが起こっていたことを知った。

「新聞にも載っけたんだぞ。『全部許す。すぐ帰れ』ってな。親父もお袋も、休みごとに探し回ってさ。とんでもない親不孝娘だな」

兄の慎一は、苦笑交じりに夏海を叱った。

「ゴメン……新聞見る余裕もなくて」

夏海が家を出たとき、兄夫婦にはふたりの女の子がいたが、今年の一月に第三子、長男が生まれたとのこと。「おめでとう」と声を上げる夏海に、兄嫁の千奈美（ちなみ）は言葉を濁した。

「なっちゃんの戸籍に悠くんの名前が載ったでしょ？　でも、住所は変更しないままだったから、元気でやってるのかどうかかって。真人（まさと）を見るたびに、同じ孫なのにって、お義母さんも涙ぐんでいらっしゃるし」

それは、嫁の立場にはさぞかし気詰まりだっただろう。

夏海には謝ることしか出来ない。

しかし、そんな妻を兄は軽く睨んだ。言葉にはしないが、余計な事は言うな、といった態度だ。千奈美はムッとした表情で、そそくさと部屋を出て行ってしまった。

「お兄ちゃん、わたしが悪いんだから」

散々、心配や迷惑を掛けて、その上、兄夫婦の喧嘩の原因にまでなりたくはない。

だが兄の様子はどこか不自然で……夏海は嫌な予感を覚えた。

「なあ、お前……今、幸せか？」

「え？　うん。幸せだよ」

「そうか……だったらいいよ。なあ、秋穂（あきほ）のこと、聞いたか？」

「お姉ちゃんのこと？　知らない。何かあったの？」

六歳上の姉、秋穂は五年前に名古屋の個人病院の院長と結婚した。

二十二歳も年上で、相手は再婚。先妻の子どもがふたりいて、年老いた母親と同居――そんな条件を聞いたとき、両親は大反対した。

それでも、夏海が家を出た三年前は、何も問題はなかったはずである。

姉と夏海の仲も決して悪くはなかった。夏海と連絡が取れたことを知れば、姉から電話くらいはあるだろう。

「秋穂な……医者と駆け落ちしたんだ」

「駆け落ち⁉」

信じられない言葉に夏海の声は裏返った。

「亭主の病院に勤める外科医と、ダブル不倫ってやつかな。それで妊娠したんだと。亭主に離婚してくれって頼んだら、その外科医はクビにされて、二度と医者として働けなくしてやるって言われたらしい」

「……そんな」

「相手の男もな、女房と別れようとしたんだ。そしたら、秋穂を訴える、子どもは堕ろせって怒鳴り込まれて……結局、ふたりで逃げたんだ」

「いつ？」

「去年の春かな。無事だって電話を一本寄越したきりだ。居所も判らない」

「子ども、生まれたのかな？」

「ああ、多分な」

「じゃあ早く正式に離婚しないと、出生届けも出せないんじゃない？　子どもが無戸籍になっちゃうわ」

夏海の両親は秋穂の夫に離婚を頼んだらしい。しかし、とても負担できないほどの慰謝料を要求され、諦めざるを得なかった。

そして不倫相手の妻は『絶対に離婚しない』と言って譲らないという。

「秋穂は子どもが欲しかったんだ。旦那は前妻との間にふたりいるからもう要らないって言ったそうだ。馬鹿な真似したよ。お宅の娘さんたちはどうなってるんだって、親戚からも散々だったんだからな。せめてお前くらい、親父たちを安心させてやれよ」

「うん、判った。ごめんね、お兄ちゃん……千奈美さんにも、もう一度謝っといて」

夏海は迷惑をかけた兄に、自分もどうなるか判らない、とは言えなかった。


その夜、夏海は聡の顔色を伺いつつ、姉のことを相談した。

専門ではないが彼も弁護士だ。何か良い手段を教えてもらえたら、その程度の気持ちだった。

「医師免許を使えば、居所はすぐに知られる。偽名で働いてるなら医者の仕事は出来ないな。亭主の戸籍に載らないってことは、子どもも無戸籍のままだ。名古屋市内にいるのか？」

「それも判らないの。一度だけ電話があって……無事だからって」

「最初から全く縁のない土地に行くのは稀(まれ)なんだ。知ってる土地に逃げ込むケースが多い。相手の地元近辺か、或いは都内か……。意外と近くに居るかもしれんぞ」

「へえ、そういうものなのね」

「君だって、ずっと都内に居たんだろう？」

「まあ、東京生まれで東京育ちだし……」

「これは勘だが……最初に向かったのは、国立市近郊だろう?」

「なんで判ったの?」

実家を飛び出した夏海が、自然に向かったのが国立市だった。

葛西に引っ越すまで国立市内に住んでいた。それまで一度も住んだ事はない土地だが、夏海が卒業した大学があり、四年間通って多少なりとも勝手が判っていた。

「大学卒業して間が無いしな。あとは中央線沿線で三鷹か国分寺……少し先の立川辺りに見当をつけるだろうな」

聡が挙げたのは、家出直後の夏海が電車の中で悩んだ地名だった。

そこまで判りながら決して探そうとはしてくれなかった、そう思うと切ないものがある。だが、それを口にしても、今となってはどうなるものでもない。

「お姉ちゃんは名古屋の短大だったから。相手の人は判らないわ」

「確実なことは言えんが……。探し出して離婚を成立させ、子どもの戸籍をきちんとするべきだろうな。ご両親のためにも二、三日中に君の実家に専門の弁護士を廻そう」

一気に具体的な解決策を提案され、夏海はビックリして聡をみつめた。

「どうして? どうしてそんなことしてくれるの?」

「この手の和解は、弁護士の専売特許だろう?」

「それは判るけど……でも」

「餅は餅屋だ。私は企業法専門だからな。離婚弁護士と呼ばれる専門家に委ねれば、確実にカタをつけてくれる」

「だからそうじゃなくて。そんなに親身になってくれるとは思わなかったから」

聡はスッと視線を上げると夏海をみつめ微笑んだ。

「君や息子に苦労させた恥知らずって目で見られた……君の家族に」

「……ごめんなさい」

「謝る必要は無い。その通りだからな。お互いの両親が認めてくれたのは、君が庇ってくれたおかげだ。これからのことを考えたら、弁護士が身内にいると便利だとアピールして行くしかないだろう？　汚名返上の点数稼ぎだ」

「私の両親にも、良く見られたいの？」

「当たり前だ。君の両親なら私にとっても両親になる。長い付き合いになるんだ。三年のビハインドを返すためには、出来ることはなんでもするさ」

そのまま、聡の手は夏海の髪をかき上げ、優しく頬に触れた。

自然とふたつの影がひとつに重なっていく。少し……聡の心を取り戻せた気がする。こうして、少しずつ夫婦として寄り添っていけば、いつか本物になれるかもしれない。

ふたりの未来に灯りが点ったようで、夏海も笑顔を返すのだった。

# 第四章　嫉妬

聡と結婚し、三人で暮らし始めて、一ヵ月あまりが経過した。

夫婦の距離が急速に縮まることはないが、わだかまりは少しずつ消えつつある。三人が家族らしくなり始めた頃、夏海は予想外の人物と再会した。

その日、聡は早朝から札幌に出張しており、帰京は翌日の予定だった。

如月も大阪で、戻るのは夜。他の弁護士も仕事で出払っており、事務所には夏海と双葉、そして派遣社員たちが残っていた。

秘書業務がひと段落つき、夏海が本職に取り掛かろうとしたとき——。

突如、ドアの向うから女性の怒鳴り声が聞こえ、夏海はビックリして手を止めた。


騒ぎが起こる少し前——事務所にひとりの女性が訪れる。

年齢は三十歳前後、見た目はセレブな若奥様といった感じだ。

しかし、事務所内の女性を値踏みするような視線に高慢さが窺(うかが)え、同性からは嫌われそうな印象だった。

来客の受付には、派遣の中から手の空いたものが立つことになっている。

アポイントメントなしの来客はほとんどいないので、受付嬢は必要なかった。

「いらっしゃいませ。ご予約は伺っておりますでしょうか？」

暗に、予約なしの来客には対応出来ないと伝えているのだが、その女性はまるで気にしていない様子だ。

「あら、まだ派遣ばかり使ってるのね」

派遣の中で一番若い永瀬が応対に立ったが、不躾な来客の態度に思わずムッとする。

しかし、すぐに営業スマイルを取り戻し、

「失礼ですが……」

「いいわ、一条はおりますかしら？」

「失礼ですが、どちら様でしょうか？」

今度は笑顔を消して、若干きつめの声で訊ねる。

「もういいわ、こちらね」

名乗りもせず、そのままつかつかと所長室に向かって歩き出す。

「勝手に入られては困ります！」

永瀬の声が一段跳ね上がり、他の派遣たちも腰を浮かせた。そのとき、

「何？　どうかしたの？」

反対側のドアが開き、双葉が顔を出す。

その瞬間、事務所内にゴングの鐘が鳴り響いた。

双葉は振り返った女の顔を見るなり、

「あら、業突張りの女狐じゃない。今さらなんのご用かしら？」

それは、あまりに挑戦的、いや、好戦的な声だった。派遣一同に緊張が走る。

「そちらこそ、まだ如月先生と別れずに、ここにいらしたのね。ああ、年上ですもの、捨てられまいと必死ですわね」

負けずに女は言い返した。

しかし、双葉も売られた喧嘩は買う主義だ。

「そうそう、捨てられた女がいつまでも周りをウロウロしてるなんて……惨めよねぇ」

「私は捨てられたわけじゃありませんわ！　一条が、自分では私を幸せに出来ないと、身を引いただけよ！」

「ある意味幸せな人ね。それとも、おめでたいだけ？」

「私は一条に会いに来たんですのよ。あなたみたいな悪女の餌食になりそうだと聞いて、誰かが注意して差し上げなくては」

「ああ、それはいい考えね。あなたに会えば、彼は今の幸福を再認識すると思うわ。女郎蜘蛛から、命からがらで逃げ出したことを思い出すでしょうよ」

「なんですって！」

夏海がドアを開けたとき、双葉は来客の女性と取っ組み合いでも始めそうな雰囲気だった。

「双葉さん！　どうしました？」

「ああ、紹介するわ。一条先生の奥様、夏海さんよ」

「わざわざ紹介いただかなくても存じてますわ！　私のこと、覚えてらっしゃるかしら？　三年前の春に、成城の一条邸でご挨拶いたしましたわね」

女性の言葉に夏海は目を見開いた。

聡と出逢った直後、『私は聡さんの婚約者で笹原智香と言いますの』そう名乗った女性だ。あのときは、すぐに聡が否定してくれたが、今となってはあの言葉の真意は判らない。結果的に聡はこの女性と結婚式を挙げたのだから。

智香は鼻息を荒くすると、夏海を見下すように言う。

「織田夏海さんでしたわね。私の記憶に間違いが無ければ、あなたは、匡さんの婚約者になられる方、と聞いたはずですけど」

夏海は我に返り、姿勢を正した。

「ご無沙汰しております。あの日のことは覚えております。匡さんとのお話があったのは事実ですが、後日お断り申し上げました」

「ええ、私もそう聞いておりましたのよ。会社はお辞めになったんですって。そのあなたが、どうしてここにいらっしゃるのかしら？　ねえ、織田さん」

「……申し遅れました、一条夏海です。主人は出張で本日は戻りませんが、わたしでよろしければ、お話を伺わせていただきます」

夏海の彼女に対する思いは複雑だった。

だが、重ねて『織田さん』と旧姓で呼ばれたことで、夏海の中の、対抗心、嫉妬心が頭をもたげた。そしてそれは、オフィスでは『一条先生』と呼ぶ聡を『主人』と呼んだことで、周囲の人間にも伝わったに違いない。

この智香との裁判沙汰は、聡本人はあれ以上のことを語ろうとしない。

だが、あかねや双葉から、夏海は様々な事情を聞いていた。

元々は、あかねの友人から持ち込まれた縁談で、聡は渋々見合いをしたそうだ。初めから断るつもりだったのだろうと、双葉は言っていた。

一度はキッパリ断ったという。

ところが後日、聡のほうから『結婚したいので相手を探して欲しい』と言い始めた。あかねは喜んで友人に声を掛け……そのとき、智香が再び名乗りを挙げたのである。

双葉は『婚約者がいながら、なっちゃんと付き合ってたってわけじゃないから。それだけは保証する』と言ってくれたので、その点だけは、夏海もホッとした。

事実上の離婚、正確には未入籍なので婚約破棄になるのだろうが、その間の智香の言動は常軌を逸したものがあったという。断っても断っても諦めようとせず、無断で婚姻届まで提出しようとしたが、それは失敗した。

相手が悪かったと言うべきか、聡は法律の専門家なので、用心のため、智香との婚姻届不受理の申請をしていたという。

決着まで一ヵ月くらいかかったと聡は言っていたが、裁判自体は一ヶ月程度で結審し、慰謝料も妥当な額に落ち着いた。

ところが、それが終わりではなかった。

智香はその後も、聡の妻と名乗って彼の周囲に出没。合鍵まで作り、聡の自宅に侵入したこともあったそうだ。さすがにそこまでされると聡も黙っておられず……。

今度は聡側から告訴する準備を始めたとき、智香の両親は彼女を英語留学の名目で、シドニーの知人の元へ預けたという。

（シドニーから戻って来たっていうこと？　聡さんは知ってるの？）

智香は、一条姓を名乗った夏海に苛立ちを隠そうともせず、

「私は聡さんと話があるの。あなたに言ってもしようがないでしょう？　お判りかしら？」

「そうですか。では、後日アポイントメントをお取りの上でお越し下さい。仕事がありますので、失礼致します」

一礼して夏海は部屋に戻ろうとした。

だがその背中に、智香は容赦ない言葉を浴びせ掛ける。

「子どもがいるんですって？　聡さんの子どもだなんて、とんだ嘘つき女ね！」

夏海はあえて足を止めず、智香を無視しようとした。

そんな夏海の態度が面白くなかったのか、智香はさらに思わせぶりな言葉を放った。

「可哀想な聡さん。新婚の匡さんのために、ご自分が泥を被ったのだわ。そうでなければ、誰があなたみたいな女と」

「妙なことはおっしゃらないで下さい！　ここがどこだかお判りですか？」

智香を無視するのを止め、夏海は言い返した。

聡といい、智香といい、なぜこうも匡の名前を引っ張り出すのだろう。夏海にはさっぱり判らない。だが、派遣たちの聞いている前で言われた以上、夏海には〝聡の妻〟として反論する責任がある。

一方で、夏海が反応したことに智香は目を輝かせた。

その顔は、まるで獲物を見つけた肉食獣のようだった。

「それがなんだと言うの⁉　偉そうに一条の名前を名乗るなんて。お金目当てで子どもまで産んで、いやらしい女ね。その上、弟思いの聡さんを利用して……少しは恥を知ったらどうかしら？」

渡豪直前、聡に対して接近禁止命令が出ていたと聞く。微妙な立場のはずなのに、そんなことをおくびにも出さない彼女の攻撃に、夏海はたじろぎ閉口する。

その様子を見ていた双葉のほうが、ついに堪忍袋の緒が切れたようだ。

「恥を知らないのはどっちなの？　何度断られてもしつこく付き纏って、恋人とケンカした男の心の隙に付け込んだ、みっともない女は誰？　入籍前に間違いに気付いた男に、執拗にセックスを迫った挙げ句、一億円で追い払われた馬鹿な女はどこの誰か教えてちょうだい！」

「この女が現れる前に、私と聡さんの結婚は決まっていたのよ！　この女に誘惑されて、愚かな間違いを犯してしまっただけだわ！」

「あら？　間違いを犯せる身体なのは認めるわけね？」

チッと智香は舌打ちする。

あくまで、匡の子どものはずだと押し通そうとしたようだが、双葉の挑発に、ついつい本音が出てしまったらしい。

「ＤＮＡ鑑定で明らかにされたのならそうなんでしょうよ！　きっと私を抱いて下さらなかったのは、この女と関わった罪の意識からだわ！」

「自分の魅力のなさは棚上げ？　結構な事ね」

「私は、あなたたちのような下品な女とは違うのよ！」

「そっくりそのまま、同じ言葉をお返しするわ！」

「なんですって！」

放っておけば延々とやり合いそうなふたりだ。

夏海も他の派遣社員同様、唖然として成り行きを眺めていたが……ハッとして、ふたりの間に割って入った。

「待って……ちょっと待って下さい。双葉さんも……笹原さん、でよろしいんでしょうか？」

　彼女の左手薬指に納まった、ダイヤモンドリングとプラチナのマリッジリングに目を留め、夏海は呼び名を躊躇った。

　しかし、

「ええ……あなたに奪われてしまったのですもの。でも、この指輪をはめて下さったとき、私たちは永遠の愛を誓いましたわ！」

　あまりに常識外れな返答に、その場にいた全員が言葉を失う。

「あなたは、私の婚約者を寝取って妊娠したのよ！　彼に無断で子どもを産んで……私たちの結婚生活を壊したのは、間違いなくあなただわ！　私はあなたを赦さないわ。このままにはしないから、覚えてらっしゃい！」

　智香は自分の言いたいことだけ言い、サッと踵を返した。

　力任せにドアを開け、ひと言もなく見送る夏海らを尻目に、ようやく嵐は退場してくれたのだった。

「しつこい女なのは判ってたけど、まだ指輪をはめてるなんて。おかしいんじゃないの？　ねえ、誰か塩まいてちょうだい！」

　双葉は怒りながらも、半分は呆れた口調だ。

　それまで黙って見守っていた派遣らが一斉に、「双葉さんすごーい！」と感嘆の声を上げる。

「なんか、ハブとマングースの一騎打ちみたいで……凄かったですね」

「でも、何アレ？　あんな女と一条先生は結婚したんですか？　趣味悪ぅ」

「ホント、最悪ね。何様のつもりよ！」

いなくなった途端、三人とも言いたい放題だ。

一方、「ハブ？　私ってハブ？　それともマングース？」双葉は微妙に不満そうだが、それでも苦笑いを浮かべている。

だが、夏海は笑えなかった。

三年前は、弄ばれて捨てられたと思い、被害者と信じていた。

だが、智香の立場で言えば、夏海は自分の婚約者と関係した女なのだ。

しかも勝手に子どもを産んだ挙げ句、結果的にちゃっかり妻の座に納まったことには間違いない。

あそこまで聡に執着するのは、それだけの理由があるのではなかろうか。

夏海には聡が女性に振り回されるような愚か者には思えない。

あのとき、夏海に囁いた愛の言葉を、智香に囁かなかったと、なぜ言えるのだろう？

何より、智香の指にはまったマリッジリングと、『私たちは永遠の愛を誓いましたわ！』というセリフが胸に堪えていた。

夏海の指にもマリッジリングはある。だがそれは、入籍した翌日、サイズの合うものを店頭で求めただけだ。神の前で、永遠の愛の言葉とともにはめられた指輪とは重みが違う。

このときの夏海には、智香の指輪のほうが本物に思えてならなかった。

「あの女が事務所に来たのか？」

翌日、聡は戻るなり夏海に詰め寄った。

「あのって、笹原さんのこと？　ええ、来られたけど……どうしたの？」

「どうして昨日の電話で言わなかった！」

出張中でも一日三回は電話を掛けてくる。業務内容の確認やら、悠の声が聞きたいやら、理由は色々だ。

「別に言うほどのこともないでしょう？　わたしが用件を聞きますって言ったけど、あなたに直接言いたいって。また来られるんじゃないかしら」

夏海の言葉に、聡は嫌悪感丸出しの表情をする。

「秋月から聞いた。あの女、まだ結婚指輪をはめてるらしいな」

「そう……みたいね」

「怒ってるのか？」

「どうして？」

努めて淡々と夏海は返事をする。口を開くと余計な事まで言ってしまうだろう。

そんな煮え切らない夏海の態度に、聡は何か誤解したらしい。

「いや……とにかく、今度は問答無用で追い返してやる！　二年前は、彼女の両親に泣きつかれて告訴しないでやったんだ。それに、私のほうから結婚を取り消した負い目もあった。だが、また同じ真似をしたら、今度こそは……」

夏海は黙っているつもりだった。

でも、ここしばらく聡を身近に感じ始めていたことと、あまりに言い訳がましい聡の言動が気に掛かり、言わずにはいられなくなる。

「彼女にも言われたわ。匡さんの子どもなんだろうって。弟思いのあなたに付け込んだんですって」

「夏海、そのことは」

「どうして？　お見合いの席には出たし、お話をいただいたのも事実よ。だけど、どうしてあなたも彼女も、あんなことを言うの？　ねえ、どうしてなの？」

夏海が真剣な眼差しを向けると、聡は憮然として横を向いた。

「……自分の胸に、聞いてみるといい……」

「聞いて判らないから言葉にしただけ。答えてくれる気がないならもういいわ」

ふたりの間の気まずい雰囲気を察し、夏海は話を切り上げた。

そんな彼女の背中に、

「匡が言ったんだ。君と深い関係だ、と。縁談が持ち上がる前から、そういう付き合いがあったってね」

思いがけない言葉を耳にして、夏海は心臓が止まった気がした。

「そ、そんな、馬鹿な！　そんなこと……絶対にないわ！　だって、わたしにはあなたしか……あのときが」

「あのときのことを持ち出すのは止めにしよう。今さら何を立証することもできない。そうだろう？」

「本当に？　本当に疑ってるの？　わたしが初めてじゃなかったって、芝居だったたって。本心からそう思ってるの⁉」

「止めようと言ってるんだ！　君が聞きたがったから答えたまでだ。三年前の話はしない約束だろう？　もう止めよう。いいね」

「じゃあ本当に……悠の父親は自分かどうか判らないって、そう思ってるのね」

夏海の声ははっきり判るほど震えていた。

夏海の動揺を感じて、聡は心の中で舌打ちする。

（なんでこんな余計なことを言ったんだ！）

間違った場所で切り札を使ってしまった。

自分は匡から聞いて全てを知っている。そう告げるには、もっと有効な使い方があったはずだ。

例えば……悠が聡の子どもでないと証明されたとき、とか。

夏海の自信に満ちた素っ気ない態度に、つい口を滑らせてしまった。その不用意なひと言に取り戻しかけた信頼と愛情は、一瞬で崩れ去ろうとしている。

慌てて夏海の腕を摑み、震える身体を力一杯抱き締めた。

「悠は私の子だ。両親にもそう話したし、正式に届けも出した。——この話はもう止めよう。夏海、私は」

耳元でそう囁き、キャミソールタイプの部屋着を夏海の身体から脱がそうとする。肩紐をずらし、首筋から肩にかけて唇をなぞらせる。

(大丈夫……大丈夫だ)

三年前、夏海を手放したときの苦痛は地獄だった。あのときの恐怖が聡を急かす。気付くと、夏海の細い腕を、痕が残るほど強く握っていた。

「イヤ……い、痛いっ」

このとき、夏海の小さな悲鳴に、聡は本気の〝拒絶〟を感じ取ってしまう。

いつもなら、肌はほんのり桜色に上気し、呼吸が荒くなる頃だ。張りのある胸の谷間も、聡の唇を誘うように上下して……。

だが、夏海の全身が強張ったまま硬直している。

手を離す以外、聡に為す術はなかった。

「ごめんなさい。少し、落ち着きたいから……今日は悠の部屋で寝ます」

夏海は聡のほうをチラッとも見ようとしない。

その夜から、夏海が聡のベッドで眠ることはなくなった。

「成城の実家へ？」

「ああ、そうだ。私たちの結婚を知って、静が帰国したんだ。稔夫婦にも声を掛けた。久しぶりに家族が揃うというので母も喜んでる。私たちも悠を連れて行かないと」

あの夜から、どことなくギクシャクした関係が続いていた。

例えるなら、将棋崩しをしているようだ。それも、どれを取っても総崩れになりそうな敗北寸前の状況と言える。

聡は恐ろしくて触れることも出来ない。

夏海はふとした拍子にどこか遠くをみつめ、考え込むことが多くなった。聡はそんな彼女を遠巻きにみつめるだけだ。特に自宅では、夏海は悠から離れない。聡とふたりきりになることをあきらかに避けている。

こんなプライベートなことすら、事務所でしか話せなくなっていた。

「判りました。一緒に行きます」

「ひとつ……頼みがあるんだが」

聡なりに、言葉を選びながら口にする。

「なんでしょうか？」

「もちろん、匡たちも来るんだが……。聞いたと思うが、嫁さんはもうすぐ九ヵ月だ。昔の話は耳に入れたくない。何も言わないでやって欲しいんだ」

「わたしは……匡さんが嘘をついた理由すら、聞いてはダメなの？」


夏海は聡の控え目を装った命令に目を見張った。

聡が嘘をつくとは思えない。

なら、自分の上司だった匡が、兄に嘘をついたことになる。

それだけではない。義父となった実光は、三年前に比べると、手の平を返したように夏海に非好意的だ。匡は実光にも同じ嘘を言ったのかもしれない。

だが、どうしてだろう？

夏海は匡に恨まれるような覚えなどない。こんなに侮辱され、酷い目に遭わされるような何をしたというのか。

考えれば考えるほど、夏海にはわけが判らない。

その答えは、匡に聞く以外にないのに……。

（それって、本当は聡さんが嘘をついてるから？　聡さんは、そんなにわたしが憎いの？）

夏海は絶望を感じていた。

聡が真っ直ぐ彼女の顔を見ていたら、気付いたのかもしれない。だが彼は、夏海から目を逸らしたまま、苦々しげに答えた。

「どうしてもと言うのなら……由美さんの子どもが生まれてから時間を作る。ただ、匡とふたりきりでは絶対に会うな。私も同席する。ふたりだけで会ったときは、どんな言い訳も聞かんぞ」

「あなたは、まだそんな……」

聡の言う通り、今となっては何も立証は出来ないだろう。

匡を問い詰めても、聡と同じように答えられたら、お互いに水掛け論になるだけだ。しかも聡は、夏海の言葉より匡を信じている。

（この人は、決してわたしを信じてはくれない）

『誠実な夫であることを約束する。君も、そう約束して欲しい』

彼はそんな言葉で求婚した。執拗に誠実さを求めたのも、信頼のない証だ。

今も、悠のために言わない約束をしたから責めないだけで、本音は兄弟を天秤に掛け、誰とでも寝る女だと思っている。

「とにかく、今は時期がまずい。彼女にはなんの責任もないことなんだ。君も、彼女を巻き込むことは本意じゃないだろう」

「由美さんは幸せね。そんなに大事にされて」

自分が悠を産んだときに比べて、あまりに境遇が違う。夏海は、愚痴をこぼさずにいられるほど、人生を悟りきってはいなかった。

「父さんや母さんにしたら初孫なんだ。無事に生まれるのだけを楽しみにして」

聡の言葉に夏海の顔色が変わった。

聡も途中で気付いたらしく、たちまち言い訳を始める。

「あ、いや……悠のことは、知っていたら、そりゃあ喜んだだろう。でも、会社を継ぐのは匡だから、匡の子どもには」

「もう、いいです。悠のためです。妻としての役目は果たします。仕事が残ってますので、失礼します」

夏海はこのとき、給料に目が眩んで聡の事務所に入り、結果、彼と結婚する羽目になったことを心の底から後悔し始めていた。

一条邸の玄関に立つと、三年前のことが昨日のことのように思い出された。

社長宅を訪れたのは、あの一度きりだ。自動で開閉する観音開きの門扉に、両親とともに小さな歓声を上げたのを覚えている。

垣根沿いに植えられた見事な桜は、鮮やかな春の装いで邸を包み込む。

それは華やかなだけでなく、通行人の目も楽しませる配慮がされていた。夏海の記憶の中ではピンク色に染まった庭も、今は目にも鮮やかなグリーンだ。

あかねの趣味で、茶会を催すこともあるという中庭は、一面芝で覆われていた。リビングからは見えないが、木立で仕切られた奥には茶室もあるという。

庭の手入れは全て、業者任せだとあかねは笑っていた。

成城とはいえ、不況や相続などで代替わりし、その都度切り売りされている。一条邸はその中で、一等地にありながら千坪を越す敷地を代々維持し続けてきた。戦後すぐに建てられた西洋風建築の母屋も、中身は最新の設備にリフォーム済みだ。その大きな邸で、匡の結婚後は、夫婦ふたりきりの静かな暮らしを余儀なくされていた。

それが、今日ばかりは四人の子どもたちが全員家に戻ってきている。

何よりあかねが喜んだのが、数十年ぶりに屋敷に響き渡る子どもの笑い声だった。

「結婚おめでとう！　ホッとしたわ、兄様」

天真爛漫（てんしんらんまん）な笑顔で、静は祝福の声を上げた。

ほぼ一年ぶりの帰国だが、なんの憂いもなく幸せそうで、ホッとしたのは家族のほうも同じらしい。

静は夏海にサッと近寄り、「こうなると思ってたのよ」とニッコリ微笑む。

夏海が理由を尋ねると、三年前のパーティで聡はピンクの口紅を口元に付けたまま邸内をうろついていたと言うのだ。そんなだらしない長兄の姿を見たことがない静は、ビックリしてハンカチを差し出したという。

「夏海さんに会ってピンときたのよ。だって同じ色の口紅だったんだもの。絶対にそうだと思ってたのに、あんな妙な女と結婚しちゃうし……。でも直感は当たってたのよね」

夏海はどう答えていいのか判らず、曖昧に笑い返したのだった。

そこには、もちろん稔夫婦も娘を連れて来ていた。

彼らが家族揃って来たのは初めてのことだという。ふたりの顔を見ていると、情事の声がまざまざと思い出されて……夏海は気恥ずかしくて堪らなくなる。

一方、亮子のほうもいささか居心地が悪そうだ。

無論、聡と夏海があの場にいたことなど知るはずもない。ただ、家政婦として勤めていた邸の主を「お義父さま」と呼ぶのに、気後れして見える。

一条物産の一社員であった夏海にも、その気持ちは良く判った。

だが、明らかに夏海と違う点もある。亮子の夫である稔は、終始、妻と義理の娘を気遣い、寄り添っていた。

そんな中、実光に次いで上座に座っているのが、匡と妻の由美だった。

夏海にとってはどうでもいいことだが、実光にすれば、後継者が誰かはっきりさせておきたいのだろう。

三年ぶりに会う匡は以前と変わりなかった。

夏海に対しても、屈託ない笑顔で話しかけてくる。

「やあ、驚いたよ、夏海くんが兄貴とそういう仲だったなんてな。俺との見合いがきっかけで会ったんだろ？　じゃあ俺がキューピッドかな」

「そのお見合いが上手く行ってたら、私はここにいなかったのよね。なんだか不思議だわ」

由美は保育士をしていたというだけあり、子ども好きで明朗快活な女性だった。

夏海より一歳年上だが、逆に若く見えるくらいだ。結果的に、長男の嫁である夏海が一番年下ということになる。

由美は、匡と夏海の間に縁談があったことは知っているらしい。だが、匡のついた嘘までは知らないように見えた。

だがそれは、張本人である匡も同じに見えるのだ。

（わたしを罠に嵌めたのよね？　自分が陥れた相手の前で、どうしてこんな風に笑えるの？）

夏海の知る匡は、仕事は要領よくそつなくこなすが、女性にはだらしない男だった。

彼がその場しのぎの嘘でごまかそうとする現場には、何度となく遭遇した。だが、用意周到な嘘で女性を騙すような男性には見えなかった。

（まさか、わたしが縁談を断ったから？）

そのことを問い質したくて、夏海は匡のほうばかり気にしてしまい――。

匡に思わせぶりな視線を送る夏海を、聡は奥歯を噛み締めながら必死に耐えていた。いくらなんでも、家族の前で声を荒らげるわけにはいかない。父はともかく、母は何も知らないのだ。加えて、目の前には由美もいる。

夏海に、由美を気遣えと言いながら、自分がぶち壊すわけにはいかないだろう。

そんな両親の思惑など知ろうはずもなく……悠は、ここ数ヵ月で突然増えた親戚に大はしゃぎだった。

食事が終わると早々に席を離れ、由美の隣に行く。

「なかに、なに、はいってるの？」

大きなお腹を見て、不思議そうな顔で質問する。

「赤ちゃんよ。悠くんの従妹になるの。女の子だから優しくしてあげてね」

「おんなのこ、なの？　いもうと、みたいなの？　ぼくね、おとうと、がいいの。パパ、おとうと、がいいんだよね！」

何気ない悠のひと言に、聡や実光はドキッとした。

そんな聡たちの気配に気付いたらしく、とたんに夏海の表情も曇った。

保育士をしていた由美は、子どもの扱いはとても自然だ。一旦立ち上がるとスッと膝を折り、悠と同じ目線で話し掛けている。

「そうなの？　男の子だと一緒に遊べるから？」

はずもなく――。

「うん！」

「じゃあ、ママにお願いしなきゃね。――私も次は男の子がいいわ。あなたもひとりは男の子が欲しいでしょ？」

「あ……うん。そう、だな。まあ、どっちでもいいけどね」

匡は微妙な表情で言葉を濁す。

それは正面に座る次兄夫婦を気遣ったものだったが、嫉妬に狂う聡がそのことに気付くはずもなく――。


長兄の結婚祝い、妹の帰国、そして、自身も間もなく出産を控え……由美にすれば、この上なくおめでたい集まりである。

彼女がはしゃいだとしても、誰も責められない。

「やっぱりひとりっ子じゃ可哀想ですもの。亮子さんや夏海さんも、まだお産みになるんでしょう?」

悪気のない由美の言葉を受け、亮子はさりげなく夫を庇った。

「女の子も可愛いですよ。でも、由美さんも夏海さんもまだまだ二十代でお若いから。私はもう年が年なので……」

「やだ、まだ三十二歳でしょ？　お若いですよ。最近じゃ三十五歳以上が丸高って言うし。ねえ夏海さん」

どうやら由美は、一条家の外聞を憚る諸々の事情を聞かされていないらしい。

夏海はそのことに気付くが、言葉にして、稔の顔を潰すようなことは出来なかった。由美にしても同様だ。知らされていなかったことで疎外感を覚えるかも知れない。

「そう、ですね。でも、子どもは授かりものですから。わたしもつい先日まで、子どもは悠ひとりと思って来ました。先のことは、何も考えてないんです。それに……うちの場合、とっくに聡さんが丸高だし」

夏海は、精一杯、双方の顔を立てたつもりだった。

それに呼応してくれたのが静だ。

「上手いこと言うじゃない！」

夏海にウインクしながら、声を立てて笑う。

そんな妹を見ながら、黙りがちな稔も珍しくジョークで応じた。

「じゃあ、僕も丸高だ。――でも、うちには絵里がいるからね。寂しくはないよ」

そう言って夫婦で顔を見合わせ、ゆったりと微笑む。

「絵里ちゃんは小学三年生なのよね。習い事はしてるの？」

夏海は間髪を入れずに、絵里に話題を振った。

「ピアノとスイミング」

「そう、じゃあ、静さんと同じね」

話題は自然に、ピアノのことになり……そのまま静の話に移って行くのだった。

「ごめんなさいね。気を遣わせてしまって」

後片付けをしながら、亮子が夏海に話しかける。

広い家だが住み込みの使用人はいない。掃除は主に業者に任せ、食事は通いの家政婦とともに、あかねが用意していた。

もちろん、三年前に夏海を招いたときのような大掛かりなパーティとなると、ケータリング業者に出張を頼む。だが、今日はそれほどではないだろう。

ふたりの子どもたちは静の弾くピアノに夢中だ。由美には、「お腹が大きいんだから」と居間で両親の話し相手をお願いした。

「あ、いえ……由美さんはご存知ないんだと思います。今が一番楽しいときだし」

「そうね。保育士さんをされてただけあって、子ども好きみたい。由美さん自身が五人兄弟なんですって。最低でも三人は欲しいって言ってらしたわ。そうなったらウチもひと安心。匡さん一家がこの家に戻って、ご両親と住んで下さればいいんだもの」

「そうですね。内孫がたくさん出来れば、お義父様もお義母様も、そちらに掛かりっきりになりますよね」

「そうそう、出来れば静さんが日本に戻って結婚してくれたら。やっぱり、嫁の産んだ孫より、娘の子どものほうが可愛いって言うでしょう?」

ふたりはキッチンで顔を見合わせ、笑った。お互いに、この家の嫁には相応しくない、と自覚していることもあり、不思議な連帯感だ。由美の実家は京都の老舗呉服問屋だという。おっとりした風情だが長女としての責任感は強く、すでに亘を尻に敷いているようだ。

夏海の場合、しっかりしているように見えて、いざとなったときに末っ子の甘えが出てしまう。聡に強く言われたら逆らうことが出来ず、従い続けているのが良い証拠だ。

「絵里ちゃんは、すっかりパパになついてるんですね。本当の親子みたい」

「ええ、稔さんは子煩悩で……本当は自分の子どもが欲しかったんでしょうね。それは叶わないから、絵里がひとり娘だって、とっても可愛がって下さって……感謝してます。悠くんはパパそっくりなのね。どうして結婚されなかったのか聞いてもいい?」

「さあ……どうしてかしら」

夏海の、声のトーンが一段沈んだ。

「ごめんなさい。そんなつもりはなかったの。本当にごめんなさい」

亮子は慌てて謝る。

「いえ……色々誤解が重なって。タイミングも悪かったの」

「そうね、男と女だもの、色々あるわよね。でも、聡様はお優しい方ですもの。これから幸せになれるわ、きっと」

「……ええ」

そうなればいいけど——夏海はそんな言葉を呑み込んだ。

「そうそう、ここのキッチン、食器洗い乾燥機がすごいのよ。奥様、じゃなかった、お義母様がアメリカから取り寄せて……」

亮子はそれ以上深く追求しようとはせず、家のことに詳しいのも家政婦として働いていた強み、と笑いながら話題を切り替えてくれた。

そんな年上の義妹に感謝しつつ、話を合わせて微笑む夏海だった。

ちょうど同じ頃、聡は母屋の二階にある自分の部屋に、匡を呼び出していた。

聡の部屋とはいえ、今は家具だけで私物は何もない。実際には二十一歳で家を出たきり、実家に戻ることはなかった。

二間続きの立派な部屋で、聡が家を出た直後、小学生だった静が移りたがったという。

だが、両親が許さなかった。

おそらく、聡がいつでも戻れるようにしておきたかったのだろう。

「匡、覚えてるか？　三年前、お前が私に言った言葉だ」

母の手作りだろうか……ソファにはパッチワークのカバーが掛けてあった。

座れとも言われないのに、匡はその上に腰掛け……上の空で返事する。

「え？　なんか言ったっけ？」

とぼけているわけではなさそうだ。本当に覚えていないらしい。聡はそんな匡に、やり場のない苛立ちを感じた。

「夏海とのことだ！　父さんにも言っていただろう」

「父さん？　夏海くんの？　あー」

声を上げたまま、匡の視線はあちこちに泳ぎ始めた。

答え辛そうな匡の様子に、聡は思わず掴み掛かってしまう。

「お前、私に何か言うことがあるんじゃないのか？　お前は」

「悪いっ！　頼むよ、もう、あのときのことは言わないでくれよ。兄貴との関係は知らなかったんだ。悪いコトしたって思ってる。でももう、終わった事だろ？　お互いに結婚したんだしさ。子どももいるんだし」

両手を合わせ、拝むように頭を下げる。

「由美さんは知ってるのか？　その……」

聡は喉の奥から絞り出すような声で訊ねた。

「えっ、あの頃のこと？　まさか！　なんにも知らないのに、わざわざ言う必要なんかないよ。ああ見えてさ、夏海くんと縁談があったって言うだけでも妬くくらいなんだぜ」

匡は兄のほうは一切見ずに答える。

兄の顔色が変わったことすら気付かず、一方的に言葉を続けた。

「なあ、頼むから水に流してくれよ。聞かなかった事にして欲しいんだ。頼むよ、兄貴！」

「判った。もう、言わん」

「あ、夏海くんには俺から直接」

「その必要はない！」

聡は、匡の言葉を奪い取るように言った。そしてひと呼吸入れると、

「その必要はないんだ。お前が夏海に会う必要はない。判ったな」

「あ……ああ」

兄の剣幕に押され、彼は機械的に首を縦に振る。

「ひとつだけ、念を押しておきたい。悠は、私の子どもでいいんだな」

「はぁ？　何言ってんの？　兄貴の子なんだろう。ＤＮＡ鑑定だっけ、したんじゃないの？」

「いや、もういい。判った。――嫁さんを大切にしろ」

「ああ、判ってる。兄貴も余計なこと言わないでくれよ。じゃ、お幸せに！」

呑気な台詞を口にして、匡はそそくさと部屋を出て行った。

聡は本来、これほど愚かな男ではない。

だが、夏海にだけは……彼女が絡むと途端に平静を欠き、思い込みによる有罪の証言ばかり集めてしまう。

今もそうだ。匡との会話には微妙な食い違いがあった。

しかし、このときの聡は、それに気付くことすら出来なかった。

◇　◇　◇

日本中が盆休みに入る少し前、夏海は思いがけない人物と顔を合わせた。

ひとりでランチを食べることになり、それならば、と悠を保育施設まで迎えに行った。保育料は高いが、こういったときに融通を利かせてもらえるのは便利だ。

子連れでランチを食べていたとき、声を掛けてきたのは……なんと、匡だった。

「夏海くん……あ、いや、お義姉さんかな？」

兄嫁を見つけ、にこやかに笑いながら近づいてくる。

「常務⁉　いえ、失礼しました。今は副社長ですね」

「いえいえ、義弟ですから、匡と呼び捨てになさって下さい」

彼はそんな風におどけて答えた。

匡は、聡とは全く逆のタイプだった。

初対面の相手ともすぐに仲良くなる。女性にはとくにフレンドリーで、昔の夏海はそこが軽薄に見えて苦手だった。

しかし、取締役でありながら気軽に話せそうなところが匡の魅力なのだろう。今ならそんな風に納得できる。

「仕事で来たんだけどね。ビジネスランチの予定がドタキャンになってさ。ちょうどよかった、一緒してもいい？」

「ええ。それはかまいませんが。おひとりですか？　秘書もお連れにならずに？」

「いや。先に帰した。男同士で食うぐらいなら兄貴と、って思ったんだけどね」

「聡さんは昼過ぎに戻られる予定です。あの……男同士って」

夏海の知る限り、匡は『秘書は女性に限る』と言っていたように思う。

「それがさぁ……結婚が決まって副社長に昇格したんだけど、親父から、秘書は男にしろって厳命されちゃってさ」

「はあ、なるほど」

社長の素晴らしい作戦に、夏海は思わず苦笑する。

「横暴だよなぁ。若い頃と違ってそんな無茶しないって」

夏海の返事がないことなど、全く気にならない様子だ。匡は妻や生まれてくる子どものことを話し始め、しばらくの間、ふたりは他愛ない世間話に終始する。

「あの、匡さん。ひとつお聞きしたいことがあるんですが」

夏海はふと思い出したように、真面目な顔で切り出した。

聡は色々言っていたが、こうして偶然会ってしまったのだから、この際ハッキリさせよう。夏海はそう思い立った。

匡のほうは、特に表情は変えず「何？」と聞き返した。

「聡さんに……わたしが匡さんの恋人であったようなことをおっしゃいました？」

その瞬間、匡は口に運んだばかりのコーヒーを吹き出した。

「そ、それは、その……昔、ね。そういうようなことを言ったかも知れない……けど、この間、ちゃんと謝ったよ」

夏海との結婚で弟の嘘を知ったであろう聡に、両手を合わせて謝った。夏海にも直接謝ろうかと尋ねたが、聡が断ったという。

匡の中では、もう済んだことだと思っていた、と。

「ひょっとして、悠くんが生まれたときに結婚しなかったのって……俺のせい？」

心底すまなそうに話す匡を、これ以上責めるのも躊躇われた。

「あ、いえ、いいんです。じゃあ、聡さんは、それが誤解だとご存知なんですね？」

「ああ、もちろんだよ。判ったって言ってたけど……あ」

匡の視線が夏海の肩越しに何かを見つけ——次の瞬間、夏海はいきなり腕を掴まれ椅子から立たされていた。

振り返った夏海の目に映ったのは、全身から怒りのオーラを発する夫、聡だった。

「聡さん！」

「あ、兄貴」

「何をしている!!」

三人の声はほぼ同時に聞こえた。

だが、聡の声が一番大きく……彼は怒りを露わにして、夏海を睨みつけている。

「何って、ランチを」

まさか、周囲に客が大勢いるランチどきのカフェだ。それに悠も一緒である。

匡とランチを食べていたからといって、それだけでこんな眼差しを向けられるとは、夏海は思ってもみなかった。

「ランチならもう終わっているだろう！　そろそろ悠を保育所に戻す時間だ。来い！」

弟には一瞥もくれず、聡は子ども用シートから悠を抱え上げ、夏海の手を引いてドンドン歩いて行く。

その場に残された匡は、コーヒーカップを下ろすことも忘れ、しばらくの間、呆然と座り込んでいた。

予定より早く事務所に戻った聡は、双葉から匡が訪ねてきたと聞かされた。

(私の留守を狙って夏海に会いに来たのか？　まさか、夏海もあらかじめ知っていて)

疑い始めたらきりがない。

青褪（ざ）める聡に双葉は、

「なっちゃんなら、下で悠くんと一緒に食べてくるって。ああ、匡くんもその辺でランチして行くって言ってたわ」

ビル内の飲食店に子ども連れで寛げる店はそう多くない。夏海が好んで行くのは、地下二階にあるキッズショップに併設されたカフェだった。

聡は急き立てられるようにカフェに飛び込む。

直後、正面に三人の姿を見つけた。その瞬間、聡の心臓は鼓動を止める。三十代後半の聡に比べ、匡は実年齢より若く見える。二十代の夏海とはお似合いで、子ども連れの姿は誰の目にも家族に映るだろう。

もし、ＤＮＡ鑑定をして悠が匡の子どもだったら、自分はどうなるのだろう？

匡が社長になれば、聡より多くの資産を持つことになる。当然、動かせる金も桁違いだ。もし由美と別れても夏海と結婚したいと言い出したら……鑑定を盾にされたら、自分の出番はなくなる。ほんの数ヵ月パパと呼んだ男のことなど、あっという間に二歳児の記憶から消え去るだろう。

聡は、足元が揺らいで吐き気がした。

表情を取り繕うことも出来ず、ふたりの間に割り込み、夏海と悠を取り返したのだった。


「聡さん！　聡さん！　何を怒ってるの？　聡さんったら！」

悠を保育施設に送り届け、エレベーターでふたりきりになったのを見計らい夏海は切り出した。

「ふたりきりで会うなと言ったはずだっ！　なぜ会った⁉」

「偶然よ。カフェで顔を見て、無視しろって言うの？　それこそ変でしょう？」

聡は、夏海と視線を合わそうともしない。パネルの階数表示を睨みつけている。

「なぜ、悠まで会わせたんだ」

「悠とカフェでランチを取ってたのよ。そこに匡さんが来て……どうぞ、って言うのが自然だわ」

「偶然だと？　嘘をつくな！　匡は知っていたんだ。双葉さんから君があそこに居ると聞いて」

「そんな……」

そんなはずはない。双葉に店の名前を伝えてはいないし、携帯に連絡もなかった。

匡は由美と訪れたことのあるキッズショップに、間もなく誕生する娘へのプレゼントを買おうと立ち寄っただけなのだ。

「――もういい」

「良くないわ。待って……話を聞いて、聡さん！」

その瞬間、扉が開く。事務所のある二十階に着いてしまった。

「仕事だ」

聡は短く吐き捨てるように言う。その声はあまりにも冷酷に響いた。夏海は足が竦み、その場に立ち止まってしまう。

そんな彼女に、追い討ちを掛けるように、

「間違っても泣き出したりしないでくれ。これ以上、私に恥を掻かせるな」

背中を向けたまま、妻を見ようともせず吐き捨てたのだ。

夏海は姿勢を正し、聡の後を追った。

「メーソン・エンタープライズ日本支社長との打ち合わせが十五時に変更になりました。それから、エレックス社の役員変更登記の件ですが」

まるで何事もなかったかのように、淡々と業務報告を始めたのである。

それは、彼女の意地だった。

その夜、昼間の父の様子に何事か察したのだろう、悠は寂しそうに話しかけてきた。

「ママぁ、パパおこってるの？　ゆうくん、いいこだよ。ママおこってる？」

子どもは大人が思うより、親の感情に敏感だ。

しかも、自分が怒らせている、と考えてしまう。

「もちろん、悠くんは良い子よ。パパもママも怒ってないのよ。心配しなくていいからね」

夏海は悠の頭を撫でると、力いっぱい抱き締め「悠くん、だーい好き」と囁いた。

父親になりたいと言いながら、息子をこんなに不安にさせるなんて。夏海が聡の言動に苛立ちを感じ始めた頃、彼は帰宅した。深夜一時過ぎ、しかも、珍しく酔っているようだ。わずかだが足元もおぼつかない。

そんな聡に「おかえりなさい」の言葉とともに、夏海は手を差し伸べたが……素気無く振り払われた。

聡は無言でキッチンに向かい、冷蔵庫からミネラルウォーターを取り出してコップに注ぎ始める。

「遅くなるなら、連絡くらい入れるものじゃないんですか？」

「私が……遅い方が、都合がいいんだろう」

普段の聡とは明らかに違う。聡には晩酌をする習慣もなく、夏海の前で酔ったことなど一度もない。

それは、三年前も同じだった。

「お酒を飲まれてるんですね。だったら、話は出来ませんよね。わたしも、もう寝ます」

おやすみなさい、と言いかけた夏海に、

「匡と連絡は取ったのか？　今度はいつ会うんだ？」

「酔ってたんじゃ、話は出来ないでしょう？　もう寝て下さい」

そのまま夏海は子ども部屋に戻ろうとした。

「随分しかめっ面だな。私にはいつもそうだ。奴とは楽しそうに笑ってたじゃないか。たまには私にも笑って見せたらどうなんだ！」

「もう、やめて下さい。悠が不安がってるわ。あなたが」

「悠か……。ああ、そうだ。お前には話してなかったな。私は家を出たときに、相続放棄の念書にサインしている。一条グループも成城の家も、いずれは匡のものだ。残念だったな。素直に鑑定を受けておけば、もっと金になったろうに」

バシンッ！

頬を叩く乾いた音がキッチンに広がる。

それは、夏海の我慢が限界を超えた音だった。切れるほど唇を嚙み締めても、涙が溢れてくる。夏海の右手は痺れ、小刻みに震えていた。

「あなたは……何も判ってない！　子どもに必要なのはお金じゃない！　わたしが本当に欲しいものも……」

喉が詰まって上手く言葉にならない。

夏海はどうにか嗚咽を抑え、必死で言葉を続けた。

「別れて、下さい。お金なんて一円も要らない。わたしには、悠がいたらそれでいいんだから。事務所も辞めます。もう……二度とあなたに」

夏海が『別れ』を口にした瞬間、聡の形相が変わった。

「匡のところに行くのか？　それとも、他に男がいるのか⁉　認めない……絶対に許さない」

そう呟くと、聡は夏海に摑み掛かった。

彼女は振り払い、キッチンからリビングに逃れる。今夜の聡は尋常ではない。夏海は札束を投げつけられた夜を思い出し、彼が怖くなった。

「明日……起きてから話しましょう。あなたは……酔ってるわ」

「だからなんだ！　お前も、私を馬鹿にしてるんだ。……クソッ！」

　強い力で腕を摑まれた。

　痛みに頰を歪めたとき、夏海はリビングの床に引きずり倒されたのだった。

　聡が覆いかぶさってきて、は夏海を床に組み敷く。リビングのセンターマットに顔を押し付けられたとき、夏海は声を震わせて言った。

「止めて……こんなのはいや……」

　聡は自分がとんでもない真似をしていることに気付いていない。

　これが、酒に酔って、では済まされない所業であるということにも——。

「黙れ！　お前は私の妻なんだ。私の言うとおりにしろ！　逆らうなら、悠を取り上げて裸で叩き出すぞ！」

　セックスはかろうじてふたりを繫ぐ絆だった。

　どうしようもなく求め合い、悦びの果実を分け合うことで、夏海は聡との関係に可能性を見出せたのだ。

　しかし、この夜のセックスに愛はなく、ただの暴力だった。

「どうせ、セックスに不慣れな私を匡と笑っていたんだろう？　ああ、その通りだ。昔も笑われて、散々馬鹿にされたさ。ちょっと何かあると、すぐに勃たなくなる。三年前もそ

うだ。お前に騙されて裏切られて……女は抱けなくなった。なのに、お前は抱けるんだ！　すぐにこうなる。悔しいが……私は、お前の身体の虜だ！」

聡は堰を切ったように、どす黒い感情を夏海にぶつけてきた。

「同じ女に、二度も裏切られるのはご免だ。そのときは、一生女が抱けなくてもお前とは別れる！　悠と離れたくなければ私に従え。判ったな！」

苦痛に顔を歪ませ、やめてほしい、と懇願する夏海に……彼は一方的に思いを遂げたのである。

——夜が明ける。

赤く充血した目と涙で腫れあがった瞼をタオルで冷やしながら、夏海は一睡もせず朝を迎えた。

そんな母親の気持ちを察したかのように、翌日、悠は熱を出して寝込んだ。

幸い、重いものではなく、一日で平熱に戻ったが……「旅行はキャンセルしよう」そんな聡の言葉に、夏海はホッとしたのだった。


少し頭を冷やそう。

夏海と距離を置こう。

夏海と同じように、聡も眠ることなど出来ぬまま、気がつけば夜が明けていた。

「昨夜は酔っていたんだ。……すまなかった」

開口一番、聡は謝罪したが、彼女の全身から〝接近禁止命令〟が出ている。

彼はそれ以上、ひと言も話すことが出来なかった。せめて、熱を出した悠の傍には居たかったが、夏海がそれを望んではおらず。

聡は諦め、如月に伝言を頼む。

「来月に予定していた北京への出張だが……アポが取れたので早める事にした」

そんな理由を作りあげ、彼は成田から飛び立った。

だがふたりの知らないうちに、事態は夫婦の問題だけでは済まず、一条家全体を巻き込みつつあったのだ。

それも、智香の悪意によって——。

匡と由美夫婦は白金台のマンションに住んでいた。
由美の希望で子どもが生まれても、四～五年は夫婦で暮らす予定だ。そして、落ち着いた頃を見計らい、一条の両親と同居する予定だった。
四ＬＤＫの一部屋は床をコルク素材に取替え済みだ。アーチ型の窓にはピンクのカーテンが掛かっていた。ベビーベッド、ベビータンス、天井からはメリーゴーランドが下がり、後は子どもの誕生を待つばかりである。

そんな幸せいっぱいの新婚家庭のリビングに、およそ不釣合いな表情で智香は座っていた。

由美は、義兄である聡の結婚が、事実上三度目になることだけは聞かされていた。匡と見合いをしたのは昨年の春。その頃には智香は日本におらず、二度と一条家に関わる人間ではないと、誰もが思っていたからだ。由美自身、実際に会うことはないだろうと思い、名乗られてもピンとこなかったくらいである。

そんな、いわく付きの女性に自宅まで訪ねて来られ、由美は戸惑った。だが夫のことで話があると言われたら、無下に追い返すわけにもいかない。

そして智香が口にしたのは、あまりに突拍子もないことだった。

「妻である由美さんがご存知ないのがお気の毒で……。匡さんの子どもなら、あなたにも知る権利があるでしょう?」

なんと、間もなく臨月の由美に、智香は偏見に満ちた自説をぶちまけたのである。

「あの女は本当に恐ろしい女だわ。一条家に入るために、兄弟を手玉に取るんですもの。三年前は、聡さんが目を覚まして私を選んで下さったから、あの女は捨てられてしまったのよ。でも今度は、子どもを盾に脅して来て……」

この智香に、聡がいかに苦労させられたか……由美は何も知らない。それが裏目に出てしまった。

「聡さんがあの女と結婚したのは、匡さんのためですのよ。だって、聡さんには子どもを作る能力がないんですもの。彼が父親のわけがないわ。そうなったら……父親はねぇ。大変ですわね、お腹の赤ちゃんに腹違いの兄なんて」

そして、青褪める由美にとどめを刺す。

「これから、どうなるのかしら？　ふたりで会っていても、家族と言えますものね。ふたり目、三人目も作る気かも知れませんわ。あなたに男の子がお出来にならなければ……あの女のことですもの、妻の座も狙ってくるんじゃないかしら。頑張って後継ぎをお産みにならないと」

由美の脳裏にある出来事が思い出される。

夏海の息子、悠が「おとうとがほしい」と言ったときの微妙な空気だ。それらが指し示す驚愕の真実に、由美は背筋が凍りついた。

それから間もなく――。

臨月に入ってすぐの検診で、由美は早産の危険性を指摘された。

由美は十代で母親を亡くしており、里帰り出産の予定はない。出産前後はあかねの世話になることが決まっていた。

そのため、妻子の身を案じた匡が、由美を一条邸に預けたのである。

由美にすれば、智香から聞かされた話が耳から離れない。

気になって仕方がない反面、真実を知るのが怖くて堪らず……どうしても、匡を問い詰められずにいる。

そんな由美の元に、夏海が悠を連れて現れたのだ。

「あまり体調が良くないと聞いて……いかがですか？」

あかねから、『出産経験もあって、歳の近い夏海さんが話し相手になってくれたら、由美さんの気も紛れると思うの。聡さんはまだ出張から戻られないんでしょう？』と声を掛けられたのだ。泊りがけで来て欲しい、悠にも会いたいしと言われたら、断ることなど出来ない。

夏海にしてみれば、智香が由美のところまで押しかけ、災いの種をふりまいている事など知ろうはずもなかった。

それに、聡ともきちんと話し合わねばならない。

だが、当の聡はあれっきりだった。北京から直接、インドのニューデリーに向かったと聞いているが、すでに二週間である。聡が担当していた仕事の予定は未定と化し、如月もお手上げ状態だ。

夏海から逃げているのは明らかだった。

「ええ……大丈夫です」

由美は顔を伏せたまま答える。

だが、自分を見るなり由美の表情が曇ったことに気付き、夏海は次に掛ける言葉を選びかねていた。

そんな母親の横を、悠がすり抜ける。

「おばちゃん……いたいの？　くるしいの？　いたいのとんでけーって、する？」

ベッドから身体を起こし、由美は大きな枕にもたれ掛かるようにして座っていた。

悠にすれば、彼女は笑顔で話しかけてくれた優しいお姉さんだ。そんなお姉さんを励ましたい一心で無邪気な笑顔を見せ、手に触れようとした。

刹那――由美は弾かれたように、小さな手を払いのける。

「私に触らないで！　出て行って！　そんな……そんな子」

急に興奮した由美を周囲は唖然とみつめていた。悠もそうだ。一瞬、ビックリして目を丸くしたが、すぐに声を上げて泣き始める。

部屋の奥、窓際に立っていた匡も驚いて駆け寄り、

「どうした、由美？　どうしたんだよ。悠くんは何もしてないだろ？」

「どうして？　ねえ、どうしてあの子を庇うの⁉」

「どうしても何も……」

匡は質問の意味すら判らぬ様子で、その場に立ち尽くしている。

「ごめんなさい。悠が何か言ったのなら謝ります、本当にごめんなさい。わたし……子どもを連れて外に出てますから」

夏海にもさっぱり判らない。

だが、泣きじゃくる悠を宥めるためにも、早く外に出たかった。

ところが、今度はその謝罪が由美の神経に障ったようだ。

ドア越しに聞こえてきたのは、「どうして夏海さんが謝るの⁉」そう叫ぶ由美の声だった。

騒ぎのときには部屋におらず、後から話を聞いたあかねも首を傾げるだけだ。

「一体どうしたのかしら？　この間は、悠くんみたいな男の子が欲しいっておっしゃってたのに」

夏海も同じ気持ちだ。

その後も、悠の声が聞こえるだけで由美はヒステリーを起こし続け——。

「デパートの方を呼んで、由美さんと一緒に……と思ってましたのよ。でも、無理をさせてはねぇ」

出産前後、この邸に滞在する由美と赤ん坊のための品物選びだった。

あかねが言うには、大きなものは揃えてあるが細々したものが足りない、とのこと。

「週末なら、夏海さんも手伝って下さるでしょう？　もちろん、悠くんにも」

夏海に手伝って欲しいという気持ち以上に、生まれてくる赤ん坊と同じ分だけ悠にも揃えてやりたい……そんな思いからだと知り、夏海はあかねの愛情に心から感謝した。

そのとき、あかねがふと思い出したように口にする。

「ああ、そうだわ。うっかりしてて……聡さんから電話があったのよ」

聡の名前を聞いた瞬間、夏海の身体は緊張のあまり強張った。

「昼過ぎに、日本に戻られたんですって。事務所とマンションに寄ってから、こちらに来るっておっしゃってたわ。でも、遅くなるかも知れないって」

さすがに、あんな乱暴なことは二度としないと思いたい。

いつか聡の誤解も解け、夏海を信じてくれる日が来るかも知れない。結婚を承諾した理由のひとつに、彼の心からの笑顔を取り戻したいという気持ちがあった。

それを言葉に出来ないまま、夏海は聡を愛し続けてきた。

だが……夏海の心を灯し続けた愛の火は、この日、最大の窮地を迎える。

夜十時、深夜と呼ぶにはまだ早いが聡の戻る気配はない。今夜は何時までも待つつもりだ。悠を聡の部屋に寝かせ、夏海はキッチンに立ちコーヒーを淹れた。

「夏海く……さん？」

その声に振り返ると、匡が立っていた。

夏海の呼び方を、誰かに注意されたのかもしれない。

「匡さん……由美さんは落ち着かれました？」

「ああ。なんか最近あんな感じなんだ。ついこの間まで、子どもが生まれたらってウキウキしてたのに……。君を『夏海くん』と呼ぶのも気に入らないってさ。そんなもんかな?」

どうやら匡も由美を持て余しているようだ。肩をすくめ、少々うんざりした声を出してみせた。

「出産が近づいて、急に不安のほうが大きくなったんじゃないでしょうか?」

「だったらいいんだけどね。なんか変でさ。君のときはどうだった? ひとりだったって聞いたけど」

「それは……。わたしの場合、そんなことを考える暇もなかったですから」

あのときの苦労が匡のせいだったと判っても、彼を責める気にはならなかった。今さら、である。

「あの、さ……」

夏海の気持ちが伝わったのだろうか、匡は随分言い辛そうに口を開いた。

「兄貴と別れて、その後に妊娠に気が付いたって話だけど。別れた原因って、やっぱり俺があんなこと言ったせいだよね?」

「もう、そのことは」

「兄貴は責任感が強くて……それに、子ども好きなんだ。三年近くも悠くんの傍にいられなくて、悔しいというか、申し訳なさで一杯だと思う。由美を見てても判るけど、子どもを産むのって大変だったろ? 夏海さんにそんな苦労をさせたのかって思うと」

申し訳なさそうに俯く匡に、夏海は気になっていたことを尋ねてみた。

「どうして、あんな嘘を？」

「俺ね、婚約者のいる子と付き合ってたんだ。でも色々あって親にバレて、親父に二度と会うなって厳命されてさ。でも、自殺するって言われたら、放っとけないだろ？」

どうやら、社内でお楽しみだった秘書課の先輩方とは別口のようだ。

夏海なら黙って聞いてくれると思ったのか、匡は調子に乗って話し続ける。

「内緒で会ってるのがバレそうになってさ。君だったら親父も何も言わないだろ？　君と会ってたって言っちゃったんだ。それを兄貴が聞いてて」

匡曰く、その女性問題では聡にも迷惑を掛けた。実光との間に立ち、さらに迷惑を掛けるかもしれないと思うと、本当のことが言えなかったという。ハッキリとは言わないが、夏海との関係は口に出来ないほど脚色して話していた感がある。

それには夏海も呆れてものが言えなかった。

人当たりの良さと愛嬌で憎めない人物ではあるが、そんな事情で引き裂かれたのかと思うと悲しくてならない。

「もちろん、ふたりが付き合ってることを知ってたら、あんなことは言わなかった。本当にすまない！　この通り、許して欲しい」

大人の男性に――しかも幾分頼りないとはいえ、仮にも大会社の次期社長だ。そんな男性にこうまで素直に頭を下げられたら、怒る気にもなれない。

それに、夏海が聞きたいのは匡の謝罪ではなかった。

「本当にもう、いいんです。終わったことですから」

「兄貴と上手く行ってないの？」

「聡さんは、悠の親権欲しさにわたしと結婚したんです。後は、責任感でしょうね」

口にすることで、夏海の胸は息苦しいほど重くなっていく。

「変なこと聞くようだけど、悠くんは兄貴の子なんだよね？　なんか兄貴がゴチャゴチャ言ってたから。鑑定結果は出たんだろ？」

「鑑定はしてません。しても——無駄ですから」

その理由を夏海が続けようとしたとき——。

「やっぱりそうだったのね！」

ふいに、後ろから激しい怒りをぶつけられた。

ふたりが同時に振り返ると、大きなお腹を手で支えながら、ドアに寄りかかるように由美が立っている。

興奮して怒鳴ったせいだろう、彼女の顔は真っ赤だった。

「由美、お前……起きてて大丈夫なのか？」

匡は当然のように妻を気遣い、手を差し伸べようとするが……。

「私の妊娠中に、この人と何をしてたの⁉」

「はぁ？　夏海さんは兄貴の嫁さんだぞ」

「三年前も付き合ってたんでしょ！　私、知ってるんだから！」

由美のもとに智香が訪れたことなど、誰に想像できるだろう？

匡はいたって呑気そうだ。

「なーに妬いてんだよ。縁談話があっただけだって」

彼は明るい声で答える。

「第一さ、その頃には兄貴と付き合ってたんだぜ。悠くんが証拠じゃないか。なあ」

冷やかし半分で、匡は隣に立つ夏海に笑いかけた。

夏海も慌てて頷く。

だが、そんな匡の何気ない仕草が、由美の怒りに油を注いだ。彼が子どもの存在を口にしたことも、引き金のひとつになった。

「嘘ばっかり！　匡さんとお義兄さんを天秤に掛けたんでしょう？　でも、あなたの本性がバレてお兄さんに捨てられたって聞いたわ。それなのに、匡さんの子どもまで産んで、一条家に乗り込んでくるなんて！」

それにはふたりとも口を開いたままになる。

とてもマタニティブルーだけが原因とは思えない。こんな悪意に基づく誤解を、由美は誰から聞いたのか、ようやく疑問を覚え始める。

しかし、由美は夏海らに考える時間すら与えてくれなかった。

「お義兄さんは子どもの出来ない身体なんでしょう。あの子は……匡さんの子どもだって。匡さんがこの家や会社を継ぐことに決まったら、私を追い出してあの子に継がせるつもりなのよ！　そんなこと……そんなこと絶対にさせない！」

「何を騒いどるんだ！」

夜の十時も過ぎて、この邸で騒ぐ人間などいるはずがない。実光とあかねは何事かと思い、恐る恐る廊下に出た。

すると、甲高い女性の声が耳に響いたのだ。

それが由美であることに気付き、ふたりは彼女を心配して、慌てて下りて来たという。

「由美さん、どうしたの？　血圧が高めなんでしょう。ちゃんと横になってないとダメですよ」

あかねは何より由美の身体を気遣う。

「匡さんが、この人とコソコソ会ってるから……私」

「変なこと言うなよ。キッチンでコーヒーを飲んで、兄貴の話をしてただけだよ。お前の方こそおかしいぞ。考えすぎだよ」

「私、聞いたんです！　匡さんはこの人に謝ってたわ。すまないって！」

「いや、それは……」

「あなただって答えてたじゃないの。もう終わったことだからって。それはふたりの関係がってこと？　ねえ、匡さん、まだ付き合うつもりなの？　この人に未練があるの？」

匡夫婦のやり取りに、あかねは意味が判らず目を丸くしている。

夏海は事情を説明しようとしたが、今の由美は夏海の気配を感じるだけで癇に障るらしい。これでは、迂闊に動くことも出来なかった。

だが、すぐに黙ったままでいるわけにはいかないことに気付く。

それは、三年前の匡の言い訳を信じている実光が、怒りに満ちた眼差しを夏海に向けたからだった。

「匡！　お前まさか、まだ夏海さんと……」

その言葉に素早く反応したのがあかねだ。

「まだ、ってどういうことですの？　母さんにも判る様に話してちょうだい。夏海さんが三年前に付き合ってたのは聡さんなのよね？　匡さんとのお見合いは断って来られたんですもの。そうよね、夏海さん？」

「はい、匡さんはわたしにとって上司で、それ以上でも以下でもありません。悠は聡さんの子どもです。信じてください！」

あかねにだけは信じて欲しいと、夏海は心から願った。

悠を抱き締め、涙をこぼしてくれた義母にだけは……これ以上、出生を疑われては悠が不憫すぎる。

「嘘よ！　じゃあどうして、鑑定しても無駄なんて言うの？　匡さんの子どもだって判るのが怖いからでしょう?」

「違います。そうじゃありません!」

実光の前で、匡の嘘の理由は言えない。

何より、妻の由美に知られたくないだろう。自分が傷つけられたからといって、同じだけ傷つけていいわけがない。

第一、ここまで興奮した由美が、夏海の言葉を素直に聞くとは思えなかった。

夏海に出来るのは、匡本人が何か言ってくれることを願うしかなく……。

誰も口を開かず、広いはずのキッチンに息苦しいほどの沈黙が積もっていく。

さすがの匡も、嘘を重ねることに躊躇（ちゅうちょ）したようだ。かといって、彼には真実を告白する勇気もなく——。

夏海の願いは匡には届かなかった。

「やっぱり。はっきり答えられないいんじゃない。どうしてなの? 三年前に終わったことなら、どうして最初に話してくれなかったの? 黙っていたのは、これからも関係を続けるつもりだからでしょう!」

由美の質問攻めに匡は弱りきっていた。

両手を上げて、降参のポーズを取るが……その格好は、白旗を振って由美の言い分を認めたようにも見えた。

「いい加減にしろよ、由美。お腹の子に障るだろ? もう止めてくれ」

「あなたにとって、この子は要らない人間なんでしょう？　この先、私が女の子しか産めなかったら、私もこの子も捨てるつもりなのよ！」

「そんなわけないだろう。誤解なんだ。全部誤解だよ。なんでそんな発想になるんだ。もう、ホント勘弁してくれよ」

「この人に会わないで。お願い、二度と」

次の瞬間、由美はくぐもったような呻き声を上げ、お腹を押さえてその場に蹲った。

極度の興奮が、陣痛を引き起こしてしまう。

まだ臨月に入ったばかりだ。

慌てて救急車が呼ばれ、由美は運ばれて行った。

「お願い……あの人と手を切って」

由美はストレッチャーの上で、最後まで言い続けたのだった。

# 最終章　真実

どれくらい、そうしていたのだろう。夏海は悠の寝顔を見ながら、ベッドサイドに座っていた。

背後でドアの開く音がして、振り返ると聡の姿が……。

その表情は凍りつき、夏海には死神が立っているように見えた。

匡は由美に付き添い、救急車に乗り込んだ。

呆然と救急車を見送る夏海に、実光は頭ごなしに命令する。

『いいかね、子どもが起きたら、黙ってマンションに戻りたまえ。この家には二度と来ないでくれ。私の言いたいことは判るな。君には失望させられたよ。三年前も、今回も……残念だ』

玄関の扉は、夏海の鼻先で閉ざされた。

あかねは由美のことで頭が一杯なのだろう。夏海のことを気にする余裕もなく。ふたりは呼びつけておいたハイヤーで搬送先の病院に向かった。

夏海は広い邸に悠とともに取り残されたのだった。

「電話で……話は聞いた。お前はこの邸で、匡と密会していたのか？」

聡の怒りは凄まじく、今にも夏海に殴りかからんばかりだ。

もし悠が起きて、こんな父親の姿を見たらどう思うだろう。聡もそのことを考えたのか、夏海の腕を引っ張ってふたりは廊下に出た。

「違います！　キッチンでコーヒーを飲んでいただけです。それを、由美さんが誤解されたんです」

——ダンッ！

夏海の言い訳を聞いた瞬間、聡は拳で壁を叩く。思いのほか大きな音に、夏海はビクッとして首を竦めた。

「そんなことぐらいで誰が誤解する⁉」

「でも……」

「鑑定などしなくとも悠は匡の子どもだと、お前は言っていたそうだな。鑑定は無駄だ、と。匡も昔のことを詫びていたそうじゃないか！　それでもまだ、白を切るのか！」

おそらく実光だろう。由美の言葉を丸々信用したのだ。

「そんなことは言ってません！　匡さんは、三年前にあなたやお義父様に嘘をついて悪かったと、わたしに謝ってくれたんです。自分のせいでわたしたちが別れたんじゃないか、と。あなたにも、ちゃんと話して謝ったって……」

夏海は誤解を解こうと必死で説明するが、

「都合のいいことを言うな！　私には、お前と関係したことを謝罪してくれたんだ。奴も、子どもは鑑定したのか、と気にしていた。心当たりがあるなら当然だ！」

聡の耳には弁解としか届かない。

それでも、夏海は最後の想いを込めて叫ぶ。

「何度言ったら判るの？　悠はあなたの子よ。わたしは、あなた以外の人に抱かれたことなんて一度もないわ。ひと目で恋に落ちて、あなただけを愛してきたのに……どうして信じてくれないの⁉　お願いだから、少しでも愛してくれたなら、わたしを信じて！」

ひたすら真っ直ぐ、ただただ聡の瞳をみつめて訴えた。

そんな夏海に聡が投げつけた言葉は……。

「言ったはずだ。二度とその手は食わん。――お前はすぐにマンションに帰れ。帰って荷物の整理でもするんだな」

夏海の心が最後に上げた悲鳴すら、聡には届かなかった。

「出て行けって言うの？　だったら、悠も連れて行きます」

母親としての意地と愛情が萎えかけた夏海の心を奮い立たせる。

聡への愛情をリセットして、彼女は毅然として夫を見据えた。

「親権は法廷で争おう」

「それまでは母親に権利があるわ。あの子はまだ三歳にもなってないのよ」

「私には、子どもの面倒を見るのに充分な人間を雇うことが可能だ。法的に悠は私の長男だ。身持ちの悪い無職の女に渡せるものか！」

それは、事実上の解雇通告だった。

再会した直後の、氷のような声と視線を思い出す。さらには、堕胎を命じられ、金を投げつけられたときの恐怖が甦り、夏海は膝が震えた。

しかし、悠を失うわけにはいかない。その一念で聡を睨みつける。

「悠は……わたしの子どもよ。あの子と一緒でなければあなたとは別れないわ。離婚には同意しません」

「いいだろう。だが、父も母もお前たちの関係に怒っている。この家からはすぐに出て行ってくれ。悠は、私がマンションに連れて帰る」

聡の言葉に夏海は迷った。寝ている悠を無理矢理起こしたりすれば、母親としての思いやりに欠けると言われるだろう。裁判で不利になる行為は出来ない。だが、この状況で悠の傍を離れる事は危険だ。聡は二度と、子どもに会わせるつもりはないのかも知れない。

何より、裁判になったとき、彼に勝つことは可能だろうか。

「判りました。でも、目が覚めてわたしが傍にいなかったことなんて一度もないの。あの子を泣かせたくないわ」

「私が……父親がいる」

「でも」

「くどいぞ。私に勝てると思うな。おとなしくマンションに戻るんだ。下手な真似をすれば、君が二度と子どもに会うことはないだろう」

　夏海の疑問に聡は答えたも同然だった。

　これ以上、戦う言葉が見つからない。

「判ったわ……おやすみなさいぐらい、言ってもかまわないでしょう？」

　悔しさと哀しさが綯い交ぜになり……夏海はもう、震える声で懇願することしか出来なかった。

　聡はそんな妻から目を逸らし、無言でドアを開けた。

　ここは聡が家を出るまで使っていた部屋だという。ベッドルームにはクイーンサイズのベッドが置いてあった。室内の調度品はすべてイタリア製の高級品だ。広く豪奢な室内には、巨大なベッドもしっくりと納まっていた。

　今はその端に、悠が小さな寝息を立てて眠っている。

　真ん中では母親の手が握れず寂しがったためだ。聡と暮らすようになってひとり寝にはだいぶ慣れたが、ここまで広いと不安になるのだろう。しきりに、夏海の子守唄を聞きたがった。

　悠の寝顔を見ていると涙が溢れてくる。

　この幼い聡を思わせる優しい笑顔に、何度救われただろう。どうしてここまで頑なで、愛してくれない男性を愛してしまったのか。そのせいで、悠には辛い思いばかりさせてしまった。

本当に離れなくてはならない日が来たときは、せめて、DNA鑑定は受けて行こう。そうすれば、少なくとも聡の悠に対するわだかまりは消えるはずだ。我が子として最大限の愛情を与えてくれると信じたい。

そっと額の髪をどけてやり、布団を直した。

(二度と……会えないかも知れないのね)

切ない想いを込め、小さな手を摑んで唇に寄せた。

夏海は堪えきれず布団ごと我が子を抱き締める。

「ごめんなさい、ママを許してね」

掠れる声で呟くのだった。

部屋から出ると、無言の聡に追い立てられるようにして階段を下りた。

夏海は踊り場の途中で足を止め、そっと振り返る。

奇しくもそこは三年前の春、世界中で一番素敵な男性に出会えたと、うっとりと聡を見上げた場所だった。

ほんの一瞬、踊り場の窓から満開の桜が舞い散る幻を見て、夏海は目を細めた。

日本人は桜が大好きだという。

一年のうちでほんの数日間だけ見事な花を咲かせた後、潔く散る。そして次の春にはまた、楚々として雅やかな姿を見せてくれるのだ。

夏海はふと思い出したように尋ねた。

「由美さんと赤ちゃんは無事ですか？　もう、生まれたんですか？」

「いや……朝まで掛かるそうだ。状況によっては帝王切開になることもある、と」

由美がなぜ、あんな風に言い出したのか判らない。だが今は、無事に生まれてくれることを願うだけだ。聡も同じ気持ちに違いない。

「ふたりに何かあったら、私は、匡もお前も絶対に許さない」

低い声で呻くように口にする。

もう夏海の中に聡の言葉を恐れる気持ちはなかった。わずかな希望にしがみ付き、聡の愛を欲しがる心は完全に消え去った。

最後に聡の顔をみつめ、夏海は軽く微笑む。

「このお邸であなたに出逢ったのが間違いでした。愛したりしなければよかった」

(──わたしの桜は二度と咲かない)

「お義父様とお義母様に、お騒がせして申し訳ありませんでしたと、お伝え下さい」

玄関に立ち、深く頭を下げる。

夏海は決して振り返らず、一条邸を後にした。

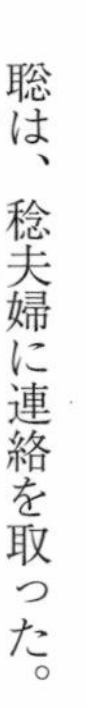
聡は、稔夫婦に連絡を取った。

娘を連れて駆けつけて来てくれた亮子に悠を預け、稔と一緒に病院へ向かう。

今度ばかりは、どうしても匡が許せない。三年前はともかく、今は兄嫁となった夏海に近づくなどありえないことだ。

無表情を繕ってはいるが、今の聡は、まるで噴火寸前の活火山のようだった。

意識はそこにはなく、見るとはなしにフロントガラスを凝視している。

不意に対向車のライトを浴び、目を瞑ろうとしたそのとき――光の残像の中に夏海の顔が浮かんだ。

双眸を潤ませ、まるで愛を乞うように自分を見上げる瞳。

（全部、幻なんだ。いい加減、目を覚ませ！）

夏海を愛していた。

彼女が他の男に笑顔を見せるだけで、嫉妬に胸を焦がすほどに。可能なら家に閉じ込め、独占したいとすら思っていた。

だからこそ、三年前のことがどうしても許せなかったのだ。

三年前の聡は、夏海の全ては自分のものだと信じていた。それが偽りだと聞かされたとき、彼は言葉の限り夏海を罵倒し、子どもを殺せと迫ってしまう。それは、如月や双葉が評したように、普段の彼からは考えられない行動だろう。

今回もそうだ。

愛するあまり信じられない。いや、聡が信じられないのは自分自身だ。過去の経験が、彼の男としての価値を奪った。彼の中で〝一条聡〟という男の価値は、銀行預金の残高に比例する。何も持たないひとりの男としてなら、限りなくゼロだった。

（私のような男が、夏海に愛されるわけがない）


だがこれらが全て、偽りの迷宮で起こったことだと知らされたとき――。

最初に夏海を抱き締め、愛し合ったことが真実であったと気付かされたとき――。

聡は自らのあやまちを知る。


稔が運転する車は、中央区にある総合病院の駐車場に滑り込んだ。分娩予約を入れてあったため、由美は救急車でそこに搬送されたのだった。

彼女は、破水していたが陣痛の間隔は微妙で、子宮口も充分に開いてはいなかった。出産までは、まだかなりの時間を要しそうだ。あかねが病室に入り、陣痛がくるたびに由美の背中をさすり、声を掛けて励ます。

これは本来、夫である匡が果たすべき役目だ。

しかし、それを由美が拒絶したのである。

真っ黒なフィルターを掛け、黒だと思い込んで目を向ければ、それは黒以外に見えようがない。

匡にしてもそうだ。二度と間違いを起こさないと誓え、と詰め寄られても、

「結婚してから、一度だって間違いなんか起こしてないよ！」

としか答えようがなかった。

だが、その答えでは、由美は納得してくれない。

実光の心の内も、由美と同じだった。

匡に対して、問い質したいことは山のようにある。だが、深夜の病院の廊下でやるべきことではない。それは、大企業の社長としてではなく、経験を重ねてきた人間としての分別だった。

直後、廊下を足早に歩く複数の音が、夜の病院内に響き渡る。

病院関係者の足音だろうと思いつつ……実光が顔を上げたとき、足音は角を曲がりふたつの人影が近づいてきた。

聡と稔の姿に、実光はホッと息を吐く。

「遅かったな、聡。稔も来たのか……」

実光が廊下に置かれたベンチから立ち上がり、息子ふたりに声を掛けようとするが……

聡は無言のまま、その横をすり抜けて行った。

奥のベンチには匡が座り、力なく項垂れている。

そんな匡の前に立つなり――聡は匡の襟首を掴み、無理やり立たせた後、殴りつけた。

兄の不意打ちに、匡は床に叩きつけられる。

「何するん……」

「二度と夏海に近づくなと言ったはずだ！　お前が誘ったのかっ⁉」

匡の反論を聞く前に、今度は首根っこを摑んで床に押さえつける。そのまま殺しそうな勢いで、聡は弟を絞め上げようとした。

「落ち着けよ、兄さん！　ここは病院だ！」

聡と一緒に来た稔が、慌ててふたりを引き離そうとする。

だが、聡は自分よりひと回り小柄な直弟を力任せに振り払い、末弟に向かって怒鳴りつけた。

「なら外に出ろ！　片をつけてやる！」

「いい加減にしてくれっ！　今は……由美がそれどころじゃないんだ。なんだよ……みんなしてなんなんだ？　なんで夏海さんなんだよ。なんで由美まで……わけわかんないよ」

怒りに燃えた聡とは逆に、匡は半泣きだ。

稔が間に入り、聡のようやく匡から手を放した。

自由になった匡に稔は手を差し伸べるが……。起き上がる力も出ないのか、匡はどうにか身体を起こしただけで、リノリウムの床に座り込んだままだった。

匡が混乱するのも無理はない。

なぜなら、彼の中で自分の嘘は夏海から聡に伝わり、謝罪は済んでいるはずなのだ。聡も了解したはずなのに、なぜ、こんなときまで繰り返すのかサッパリ判らない。

「くっ！」

聡は行き場のない怒りをゴミ箱にぶつける。

派手な音を立て、空のゴミ箱は病院の廊下を転がった。

すると、てきめん、廊下の向こうから女性看護師が姿を見せた。その女性看護師は聡らを睨みつけ、「静かにして下さい！」と厳しく注意する。

「ど、どうも、すみません」

何もしていない稔が、転がるゴミ箱を押さえながら、兄の代わりに頭を下げた。

深夜の病院だ。これ以上怒鳴るべきではない。

聡にもそれくらいのことは判っている。だが、とてもこの程度で済ませられるはずがなかった。

額を壁に押し付け、聡は血管が浮き出るほど拳を握り締める。

そのまま大きく息を吐き、二度、三度と深呼吸を繰り返した。窓枠に身体を預け、殴りたい衝動を抑えようと必死で我慢する。

稔はそんな兄を横目で見ながら、ゴミ箱を元に戻した。

そして、匡の前に跪き、今度は弟を気遣う。

「大丈夫か？　お前は父親になるんだ。しっかりしろよ」

「なんで……こんなことになるんだよ。俺がなんで」

匡にすれば、殴られたことも納得出来ない。

聡の様子にビクビクしながらも、口の中で不満を漏らし続け――。

そこまで、成り行きを見守っていた実光だったが、再びベンチに腰を下ろすなり、匡に向かって核心をつく質問をぶつけた。

「匡、正直に言いなさい。悠はお前の子どもなのか？」

「はぁ？　それって、俺に聞いてるわけ？」

「とぼけるなっ！」

気の抜けた匡の返事に、聡はいきり立った。

「兄さん！」

稔が慌てて割り込んだ。聡が怒鳴るたびに匡は目を白黒させている。それは稔にしても同じだった。

聡が最初の結婚で家を出たのは、稔が高校を卒業した直後のことだ。

結局すぐに離婚したものの、聡が家に戻ってくることはなかった。だが弟妹にとって聡は、いくつになっても頼れる優しい兄に違いはない。父親に反抗しても、兄には逆らえない。そんな空気が兄弟の中では当然のように漂っている。いくら放蕩者とはいえ匡が聡の妻を誘惑するとは、稔には信じられなかった。

「父さん……妙なことを口にしないでくれ。父さんが言い出したのかい？　だから、兄さんがこんなに怒ってるんだろう？」

稔は三年前、本社勤務ではなかった。だが、社外の人間である聡より、稔のほうが内部の事情には精通している。匡が仕事に身が入らず、秘書との火遊びに興じていることは耳にしていた。その秘書が、父のひと声で配置された夏海ではないことも。

そんな稔にすれば、父の質問は愚問としか言えない。

「お前には関係ない。口を挟むな」

稔と父親の仲は未だギクシャクしたままだ。

「でも、父さん」

「答えるんだ、匡！」

実光は稔の意見など無視したまま、匡を詰問しようとする。

だが、次兄が味方になってくれると思ったのか、匡は顔を上げた。

「だから、なんでそうなるんだよ！」

「聡は、悠がお前の子であってもかまわないと言っとるんだ。新婚家庭に波風を立てまいと、親子鑑定もせずに実子として届け出てくれたんだぞ。いい加減、聡の気持ちも判ってやれ」

実光は興奮を抑え、諭すように三男坊に話し掛ける。

だが、匡には寝耳に水の話だ。

「ちょ……ちょっと待てよ。じゃあ、夏海さんと付き合ってなかったのか？　なんの関係もないのに、俺の子どもだと思ったから、彼女と結婚して、実子にしたのか？」

しっかり整理して話そうとすればするほど、匡の頭の中は混乱する。

そんな匡に追い討ちをかけるように聡は口を開くが……さすがに場所を弁えたのか、喧嘩腰ではなくなっていた。

「付き合ってはいたさ。少なくとも、私はそのつもりだった。だが、夏海に誠実さを求めるのは間違っているとお前に聞かされ」

「何言ってるんだ⁉　なあ、ちょっと待ってくれよ。その件はこの間謝っただろう？」

「ああ、もちろんだ。過去のことは仕方がないと思っている。だが、悠はどうなる？　私が勝手な判断で実子にしたが……もし、お前が望むなら正式に鑑定して」

「いや、だから……ああ、もう判ったよ。正直に言うよ。――実は俺、あの頃まだ群馬の叔父さんトコの可南子（かなこ）と会ってたんだ」

いきなり話が飛び、実光らはあんぐりと口を開けたままになる。〝可南子〟という名前を思い出すのに、誰もが数十秒を要した。

その間も、匡はヤケクソ気味に話し続けている。

「アイツさ、もう会えないって言うのに、会ってくれなきゃ死ぬとか言われてさ。でも、そのことが父さんにばれたら」

「お、お前、まだあの女と会ってたのかっ⁉」

実光はその瞬間、周囲への配慮を忘れた。

可南子があかねの遠縁の娘の名前で、匡の起こした三年前の不始末を思い出し、不覚にも、立ち上がって怒鳴りつけてしまう。

「会ってるわけないだろ？　三年前だよ。あの後すぐ彼女は結婚したろ？　それ以降は会ってないよ」

「ではあのとき、私が話を持って行く前から、夏海くんと関係があったと言ったのは嘘だったのか？　群馬の娘との関係を隠すために、お前は夏海くんを利用したのか⁉」

匡は、父親の血相が変わったことに気付いた。

なんとか怒りを収めてもらおうと、慌てて言い訳を追加する。

「だから、悪かったって。相手が彼女なら、父さんも文句言わないと思ったんだ。いや、だって彼女の方も断りたがってたし、破談になるなら問題ないかな、って。やけに父さんが買ってたから、ちょっと遊んでる風に言ったっていうか」

「お前……お前は、なんという愚かな真似をしたんだ！　そのせいで夏海くんがどんなに苦労したと思っとる！　この大馬鹿者がっ！」

とんでもないことをヘラヘラ笑いながら告白する三男坊に呆れ果て、実光は激昂して匡の頭をバシバシ叩いた。

そんな父の鉄拳から逃れながら、匡は懲りずに言い訳を続ける。

「まさか、兄貴とそんな仲だなんて知らなかったんだ。知ってたら絶対に言い訳に使ったりしなかったよ。本当だって！」

悪意がないということは、当人には、悪いことをしたという自覚もないということ。

まさに、始末に負えない。

当初、父や兄の一方的な誤解だと思っていた稔だったが、事情を把握して、さすがに黙っていられなくなる。

「おい、匡！　なんの関係もない人間を巻き込んで、そんな言い訳が通ると思ってるのか？　すべてお前のせいだぞ。お前のついた嘘が由美さんの耳に入って、それが原因でこんなことになったんだ。どうする気だ！」

「稔の言う通りだ。ああ、なんと言う事だ。幾つになっても……どうしてお前はまともにやれんのだ」

父と次兄から同時に叱られ、さすがの匡もシュンとなる。

「いや、でも。そんな、由美がなんでそんなことを……だって」

最早、匡は意味不明の呟きを繰り返すことしか出来ない。

「とにかくだ！　夏海くんとは、見合いの前も後も、一切男女の関係はなかったんだな？　悠がお前の子である可能性は、ゼロで間違いないんだな？」

実光はしつこいほど念を押した。

「あ、ああ、もちろんさ。彼女は俺のことなんか眼中にもなかったよ。なんで、悠くんが俺の子なんだよ。どっからどう見ても兄貴のコピーじゃんか。なあ……そう、だろ？」

匡はいきなり静かになった聡の顔を、恐る恐る覗き込んだ。

聡の顔は、まるで石膏で創られた彫刻のように真っ白になっていた。その目は生気を失い、機能を停止させたかのように、ただただ中空をみつめていたのである。

聡はひと言も発する事が出来ない。

身体が鉛のように重く、窓枠にもたれ掛かったまま、動かすことができないのだ。

匡の告白を聞くうちに、背中に冷たい汗が流れ、鼓動も速まっていった。そのひと言ひと言が聡を追い詰め、やがて、手足まで震え始める。

「まったく。愚息という言葉が、これほど当てはまる奴もおるまい！　夏海くんには、私から謝ろう。聡、怒りは冷めやらんだろうが、これでも弟だ。私に免じてどうか許してやっちゃくれんか？」

実光は気が抜けたように、ドサッとベンチに腰を下ろす。

やはり夏海にはなんの問題もなかったと、実光にすればホッと一息だろう。心配は杞憂に終わった。そもそも焼けた杭などどこにも転がっていなかったのだ、と。

安堵した父親の表情に匡も気が楽になったのか、いつものような軽口に戻る。

「ついでに由美にも説明してくれよ。俺の言葉なんか聞こうとしないだろうからさ」

「調子に乗るな！　女房には土下座して謝れ！　この馬鹿息子がっ！」

そんなふたりのやり取りを横目に、稔は聡の肩に手を置いた。

「良かったな、兄さん。全部、誤解だったんだよ。これから親子三人で」

「クッ……ククク……ア、ハハハ……誤解？　誤解か、それは良かった……あははは……」

突如笑い始めた聡に、その場にいた三人は揃って首を傾げる。

どう見ても尋常ではない。まるで、精神のバランスが崩れてしまったかのような……奇妙な笑い方だった。

「なあ、兄貴。俺、夏海さんにも謝ったよ。さっき言った事情を話して、申し訳なかったって。夏海さんは許してくれたんだ。だから……兄貴？」

それまで床に座り込んでいた匡だったが、聡の顔色を窺いながら、ゆっくりと立ち上がる。

いきなり殴りかかられることを恐れ、少しでも離れようとしているようだが……。

このとき、聡の目に匡の存在など映ってはいなかった。

聡は焦点の合わない目をしたまま、独り言のように呟き始める。

「――三年前、お前から夏海との仲を聞かされて……その夜に妊娠を告げられた。私は、騙されたと思った。一度ならず二度までも。今度は、ひと回りも年下の小娘にまで手玉に取られた、と。金目当ての売女呼ばわりして、子どもは始末しろと彼女に金を叩きつけた。夏海は怯えて……私から逃げ出したんだ」

「聡……お前、子どもの存在を知っていたのか？」

自嘲気味に薄笑いを浮かべる聡に、実光は問い掛ける。その声は微妙に震えていた。

「な、なぁ……彼女は否定しなかったのか？　俺とは、なんの関係もないって言わなかったのかよ！」

さっきとは逆に、匡のほうが一歩踏み出し、聡の胸倉を摑んだ。

「言ったさ！　私しか知らないと言った彼女を、嘘つきだと決め付けた。思いつく限りの下種な言葉で罵倒したんだ。四月に再会したときもそうだ。裁判にして子どもを取り上げると、強引に詰め寄って入籍した。……とんだ茶番だな」

「なんで彼女を信じてやらなかったんだ！　そりゃ、俺が言うことじゃないけど。でも、好きだったら」

「女に騙されるのが怖かった。二度と同じ轍は踏みたくない。それだけだった」

「そ、そんな。だったらなんで、あのときに言わなかったんだよ。三年前に聞かれてたら、俺だって本当のことを言ったさ！」

思えば、今夜の件で聡の怒りようは普通ではなかった。

いや、それ以前から、聡と夏海の間にはぎこちなさが漂っていた。

誰もがそのことには気付きながら、聡に限って、という気持ちが強くて、見ないフリをしていたのだ。

聡は女性に対して、決して積極的ではない。それも昨日今日のことではなく、学生時代から変わってなかった。兄弟の中で、最も人目を惹く洗練されたルックスとは対照的に、恋愛はイコール結婚に直結するタイプだ。融通の利かない頑固者ではあるが、一度心を決めたら揺るがない、それは聡の長所だった。

だがそれが、この度は裏目に出てしまった。

「……言えなかった」

聡は喘ぐように、ひと言だけ吐き出した。

胸元から匡の手が離れると、再び窓枠にもたれ掛かる。何か支えがなければ、真っ直ぐ立っていることすら困難だった。

聡は口を開き、もう一度嗤おうとしたが……。

音もなく、息を吐くことしかできない。

「笑えるな。夏海の言う通りだったわけだ。私はひと回りも年下の娘を、結婚を餌に弄んだだけか？　挙げ句に、妊娠させて捨てたのか⁉」

「やめろよ、兄さん！」

しだいに声が大きくなる聡を、稔は止めた。

匡に悪気がなかったと言うなら、聡はそれ以上だろう。責任感で言うなら匡の十倍はある。それをすべて罪悪感に置き換えでもしたら……。

しかし、今の聡には、誰の制止も耳には入らなかった。

「私は……夏海を親から引き離し、どん底の生活をさせたんだ」

「もうやめてくれ、兄さん」

「この私が……息子を殺せと命じたんだぞ！　なんてことだ」

酔ってなどいない、意識もはっきりしている。なのに地面が揺れていた。

思考は停止したまま、何も考えられない。固く目を閉じた瞬間、聡の脳裏にフラッシュバックのように夏海の顔がよぎった。泣き顔と全てを諦めた悲しげな瞳が、グルグルと頭の中を回り続ける。

そのとき、耳のすぐ横で心臓が脈打つような錯覚に囚われた。

——失態は三年前だけではない。

数時間前のことを思い出し、聡は立っていられなくなった。膝から力が抜け、背中で壁をこすりながら、崩れ落ちるように床に座り込んだ。

「とにかく、お前は家に帰れ。大きな誤解があったんだ。夏海くんには後で私からも謝罪する。彼女のことだ、ちゃんと謝れば判ってくれるだろう」

そんな父の提案に、聡は力なく首を振った。

「もう遅い。手遅れだ。電話で匡とのことを聞いて……夏海に、悠を置いて出て行くように言った。裁判にしても取り上げる、と」

「……それで夏海さんがいなかったのか」

稔は聡が子どもを亮子に預けた理由が判り、得心したように呟いている。

だが、実光のほうは納得出来ない。

「どうしてそんな早まったことをしたんだ⁉　お前らしくもない！」

「父さんも言っただろう！　お前が、あんな娘と結婚したからだ、と」

「それは、匡の言葉を信じておったんだ。だから……」

言葉が途切れ、ふたりとも後が続かなくなった。

匡はついこの間まで、自分のついた嘘など完全に忘れていた。

聡に問い詰められたときも、三年も昔のことなど時効だと本気で思っていたのだ。

だが、顔色を失ったままの聡と、しだいに青褪めていく父の顔を見て、自分が犯してしまった罪の深さに気付かされた。

「俺……こんな大事になるとは、思ってなかったんだ」

長兄夫婦の問題だけではない。自分自身も妻子を失いかねない状況になっている。

匡は恐怖が足元から這い上がってくるの感じていた。


どれほどの時間が経過したのだろう？

聡が顔を上げると、言葉を失くして立ち尽くす父や弟たちの姿が映った。

『なんで彼女を信じてやらなかったんだ！』

その言葉が頭の中にいつまでも響いている。

匡の言う通りだった。責任は自分にある。夏海を信じることが出来なかった——それが全てだろう。

息を止め、歯を食い縛ると、聡は立ち上がった。

「いいよ。もういい。父さんのせいでも、匡のせいでもない」

膝に手を当て、下を向いたまま、聡は不自然なほど感情を押し殺した声で続けた。

「夏海を……信じなかったのは私だ。責任は私にある。マンションに戻って話をつけてこよう。彼女が望むなら、離婚も受け入れる。悠の親権も諦めるつもりだ」

「聡……」

「悪いな、父さん。つくづく、結婚には縁がないらしい」

悲しげに微笑む長男に、実光は父親として掛ける言葉が見つからない。

だが――運命はここで聡を許してはくれなかった。

「あの……一条さんのご家族の方でしょうか？　一条聡さんにお電話が掛かっておりますが」

そう看護師に声を掛けられ、聡は差し出された子機を受け取る。

夏海だろうか？　もしそうなら、謝るのは早ければ早い方がいい。期待も込めて、出来るだけ神妙な声で応じた。

『はい、一条です』

『あ、俺だ。携帯切ってるんだな』

電話の相手は如月だった。

落胆とともに疑問が浮かび上がる。なぜ、如月にこの病院が判ったのか、そしてなぜ、こんな深夜に掛けてきたのか。

『ああ、病院だからな。どうした？　なぜここが判ったんだ。それに』

『落ち着けよ。いいか、落ち着いて聞けよ』

　質問に答えるどころか、耳にすら入っていないようだ。

『落ち着くのはお前のほうだ。どうしたと言うんだ。うちの事務所が訴えられたか？　それとも倒産でもしそうなのか？　今の私は多少のことじゃ驚かんぞ』

　軽口でも叩いていなければ平静さなど保てない。

　本音を言えば、如月を相手に泣き言のひとつも言いたいところだ。だが親兄弟の前で、これ以上無様な姿は晒せない。

　第一、匡から聞かされた以上に、何を驚くことがあるだろう。

　しかし、耳から入ってきた現実は聡の想像を越えていた。

『警察から電話があった。着信履歴を辿ったってことだ、お前の携帯は切ってあるからだと思うが……』

『なんの話だ？』

『いいか、落ち着いて聞けよ。夏海くんが事故に遭ったそうだ。救急車で世田谷区内の救急病院に運ばれた、と……おい！　聞いてるか⁉』

『事故、だと？　なんの……事故だ？』

『交通事故だ。三軒茶屋の国道とか言ってたが……詳しくは判らん。ただ、目撃者がいて、自分から車道に倒れこんだ可能性もある、と』

犯した罪を突きつけられ、聡の中で何かが壊れた。

『一体何があったんだ？　どうして深夜零時を回って、夏海くんがひとりで三軒茶屋なんかを歩いてる？　悠くんは今どうなってんだ？　おい！　おい……聡、答えろ！』

聡の手から子機がスルッとすり抜けた。

真っ直ぐ床に落ち、ゴトンと鈍い音を放つ。

「兄さん？　兄さん、どうしたんだっ！」

稔の声が違う世界から聞こえるようだ。

もう遅い……自分で言った言葉が、聡の背中に重く圧し掛かってきた。

（夏海を——失うのか？）

もう一度顔を見て話しさえすれば、夏海のほうから離婚を取り止めてくれるかも知れない。そんな微かな希望が心の何処かにあった。

三年前から、聡は人生のどん底を歩いてきた。

夏の始めに入籍したとき、やっと幸福を取り戻せたと思っていたのだ。それなのに、過去に囚われた挙げ句、愛する女性を自らの手で切り捨ててしまった。

三年前は子どものために歯を食いしばって耐えたのだろう。

だが今度は、その拠りどころすら奪い取ってしまった。

何かが間違っている。罰を受けるなら自分のはずだ。誰に言うでもなしに、そんな胸の内が聡の口からこぼれた。

「夏海が……事故に遭った。いや、自分から車に飛び込んだらしい。私は……妻を、殺したのか？」

抑揚のない声で恐ろしい内容を口にする。

聡の瞳は焦点が定まらず、壁に額を押し付けたまま動かなくなってしまう。息苦しいが、息をする気にもなれない。呼吸の仕方を忘れてしまったみたいだ。

実光も匡も、事態の恐ろしさに質問すら出来ずにいた。

「兄さん、どういうことなんだ？　もっと判るように……」

稔も顔面蒼白になりながら、懸命に聡を揺さぶる。

だが、今の聡は使い物になりそうになかった。稔は大急ぎで兄が落とした子機を拾い、如月から詳細を聞き出した。

「兄さん、早く行こう！　如月さんたちも向かってくれてるそうだ。もし、大きな手術が必要なら、兄さんの許可が要る。早く行かないと」

「もう遅い……遅いんだ」

聡は、そう呟いたまま動こうとしない。

初めて目にした不甲斐ない兄の横っ面を、稔は思い切り殴った。

「本当にそうなったらどうするつもりだ！　いいのか、このまま二度と逢えなくても平気なのか!?　しっかりしろっ！」

その言葉に聡は立ち上がり、駆け出した——。

深夜ということもあってか、十五分足らずでタクシーは救急病院に到着する。今夜二度目の赤い回転灯を目の辺りにし、聡は最悪の想像に足が竦んだ。

入ってすぐ、如月の姿を見つけた。彼は処置室の前の廊下で制服警官と話している。それだけでも、今の聡には充分な衝撃だ。

「修！　夏海は……無事、だよな？　生きてるって言ってくれ……頼む、無事だって」

「落ち着け！　いいから落ち着けって」

「落ち着けるか！　夏海はどうなんだ⁉　どこに居るんだ！」

「無事だ。無事だから……命に別状ない。頼むから、冷静になれ」

無事のひと言に、聡は全身の力が抜ける。そのままロビーに置かれたベンチソファに座り込んだ。

警察との話は、ほとんど如月が済ませてくれたらしい。

「病院の先生とも話をさせてもらいましたが、どうやら信号待ちの間に貧血を起こされて、車道に倒れ込んだようです。車とも軽い接触のようですし、事件性はなさそうですので、これで失礼します」

聡の名前と住所を確認するだけで、彼らはあっさり引き上げて行った。

待合室で待機していた車のドライバーも、被害者の夫が駆けつけて来たことを聞いたのだろう。飛んでくると、聡に向かって頭を下げた。

「すぐにブレーキを踏んだんですが……サイドミラーが当たってしまって。本当に申し訳ありませんでした。大事に至らないといいんですが」

夏海と歳もそう変わらないであろう、二十代の女性だ。軽い接触なら重傷であるはずがないのに。その心配そうな表情は、逆に聡を不安に陥れた。

そして、医者から告げられた言葉に、聡はまたもや自分の罪を思い知らされる。

「外傷はかすり傷程度で大したことではありません。ただ、奥様は妊娠されてますね。まだ意識が戻られませんので、お話を聞くことが出来ませんが。おそらくは四週目辺りだと思われます。何か聞かれておいでですか？」

「……いえ……」

掠れた声で否定しつつ、聡は首を横に振る。

「そうですか。ご本人も気付かれていなかった可能性もありますね。現在、出血が続いておりまして……切迫流産です。しばらく絶対安静で様子を見ましょう。このまま出血が続くようなら、お子さんのほうは諦めていただく事になるかも知れません」

医者は淡々と説明を済ますと、聡の前から居なくなった。

「なあ、聡。今は双葉がついてるが、お前が傍に行ってやれよ」

如月の言葉に聡は小さく首を振る。

「ダメだ……夏海は私を許さない。今度こそ、おしまいだ」

「何を言い出すんだ。ひょっとして夫婦喧嘩か？　そんなこと結婚してりゃ、しょっちゅうだよ」

「違うんだ！　──全部、嘘だった。匡が言った言葉は全部嘘だったんだ！　私は騙されまいとして……私を信じて愛してくれた夏海をこんな目に」

「昔のことだ。全部水に流して、これから新しくやっていけばいいさ。だろ？」

「今夜のことだ！　匡の女房が、匡と夏海の仲を疑って……倒れて入院した。それを聞いたとき、夏海から悠を取り上げて追い出したんだ！　何年も冤罪で責め立てられ、挙げ句に悠を失うと思って……夏海は自分から車道に」

次の瞬間、如月に胸倉を摑まれた。聡はそのまま、壁に叩きつけられる。

「いい加減にしろっ！　そんなことは判っていたはずだ。お前は嫉妬心から、自分で自分を煽り続けた。やれることはただひとつ、彼女が目覚めたら土下座でもなんでもするんだな。言ったはずだぞ、もう四十間近だ、やり直しはきかない、と」

「もし……もし、お腹の子どもを失ったら？　それでも、夏海は私を許すと思うか？」

「ごめんなさい、で済めば俺たち弁護士は必要ないさ。だが、許すかどうか決めるのも俺たちじゃない。彼女自身だ。俺にも判らんよ」

如月に背中を押され……聡は、ソッと病室に足を踏み入れた。

衝立の向こう、白いベッドに夏海は横たわっている。淡い月明かりが射し込み、彼女の頬を照らしていた。そのせいだろうか、頬は青白く見えて生気もない。このまま死んでしまうのではないか、と悪い考えばかりが思い浮かんだ。

三年以上の間、彼女を憎み続けた。

妻にした後も、心の底ではいつも彼女の裏切りが燻(くすぶ)っていた。

『大丈夫だ、信じて欲しい、君を愛している』

そう言って二十三歳の夏海から何もかも奪い取ってしまった。挙げ句の果てに、弟のその場しのぎの嘘を真に受け、彼女を捨てた。そんな男が、身持ちの悪い母親のせいで息子に貧しい思いをさせた、と彼女を責めていたとはお笑いだ。

大事にされる由美を見て、夏海はどれほど辛かっただろう。

同じ大きなお腹を抱え、陣痛で苦しんでいたとき、頼るべき男は他の女と盛大に結婚式を挙げていたのだ。

(お前の罪を悠が背負うことになる、だと？　全部、私の罪ではないか！)

これまで受けた報いなど、犯した罪の重さに比べれば微々たるものだ。

知らなかった、で許されるものではない。土下座のひとつやふたつで勘弁してもらおうなんてムシが良すぎる。

「一条くん……」

夏海の姿を見るなり、聡は二歩目が踏み出せずにいた。

そんな彼の腕を双葉が引っ張り、ベッドサイドに立たせてくれた。

「出血が止まらないようなの。意識も戻らなくて……。かすり傷程度で頭も打ってないのに。苦しそうにずっと涙をこぼしてるのよ。手を握ってあげて」

夏海は目を閉じたままだ。

そのこめかみに流れる涙の跡を見た瞬間、聡は床に跪いていた。

「許してくれ……頼む、許してくれ。いや……許さなくてもいい、もう一度、目を開けて笑ってくれ。夏海……」

そっと夏海の手を握る。

八月だというのに、その手は凍りつくように冷たかった。

貧血のせいだと後で判ったが、このときは夏海を失う恐怖に、心臓を鷲(わし)づかみにされた気分だった。

「愛している。愛していた。初めて逢ったときから。誰よりも何よりもずっと、君を愛し続けてきた。愛するあまり、失うことが怖くて……君を傷つけた。夏海、君と子どもが無事なら私が死んだっていい。夏海……夏海……」

聡は夏海の手を握り締めたまま、ベッドに突っ伏して泣き続けた。

おそらく、夏海が一番聞きたかったであろう、心からの謝罪と愛の言葉を口にしながら……。

◇　◇　◇

匡と由美の間に生まれた長女は、遥と名付けられた。

由美は入院の翌朝、通常分娩で無事出産。彼女が落ち着いた頃を見計らい、あかねは匡がついた三年前の嘘に、全員が振り回されていたことを伝えたのだった。

「匡さんの嘘が、あなたの耳にまで入ってしまったのね。辛い思いをさせてごめんなさいね」

「いえ……私も悪いんです。匡さんの言葉を信じようとしなかったんですから」

出産を控えた不安もあったのかもしれない。だが、今思えば、どうしてあんなに疑ってしまったのか、自分でも判らないと由美は首を捻る。

そして、それが智香から聞いた話であることを一条の両親に打ち明けたのだった。

由美はそのとき初めて、聡と智香の一連の騒動を詳しく聞かされた。

よほど悔しかったのだろう。由美は子どもを産んですぐの身体でなければ、智香のもとに怒鳴り込んでやりたいと憤りを露わにした。

「なんとなく、お義兄さんの気持ちが判るような気がします。私も夏海さんに謝らないと。でも一度も来て下さらないのは、やっぱり怒ってらっしゃるんでしょうね」

悲しそうに俯く由美に、あかねはこの一週間の騒動をどう切り出していいのか迷いながら、おもむろに口を開き――。

「実はね……」

夏海の現状を話し始めたのだった。


夏海は、事故の翌日には意識を取り戻した。

怪我もかすり傷程度で、もちろん後遺症もない。そしてお腹の赤ん坊は――。

かなり危険な状態ではあったが、どうにか持ち直した。よほど生命力があったのだろう、と医者が感心するほどだ。そして意識が戻ると同時に、産婦人科のベッドに移されたのである。

由美は早産の影響から、退院までに十日も掛かった。

だが夏海は、なんとその倍近くもの入院を余儀なくされた。

ベッドに寝たきりの絶対安静から、ようやくトイレまでの往復が許可された頃、実光とあかねが悠を病院に連れて来てくれた。

五日ぶりに母親に会え、悠は安心したのか夏海のベッドで眠り始める。

点滴はまだ外せないが、自由になる左手で夏海は悠の髪を撫でてやった。

「ママがいないって大泣きしてね。パパでもダメで、私や亮子さんが添い寝したんだけれど、ぐっすり眠れなかったのね」

「悠がご迷惑をお掛けして、申し訳ありませんでした」

　ベッドに座ったまま、夏海は頭を下げる。

「夏海くん、本当に申し訳ない。匡の馬鹿にはあらためて詫びを入れさせよう。それで聡のことなんだが……。なんとか勘弁してやってもらえないか？　私の責任でもあるんだ。どうか、この通りだ」

「私からもお願いするわ。聡さんは、若い頃に女性に騙されたことがあるから……よほど堪えていらしたのね。生まれて来る子どものためにも、もう一度やり直せないかしら？」

　実光とあかねは交互に頭を下げてくれる。

　そんなふたりの言葉を、夏海は悠の横顔をみつめながら黙って聞いていた。

　許すも許さないもない。離婚する、悠に二度と会わせない、そう言って夏海を追い出したのは聡のほうだ。

　みんなから、なぜ三軒茶屋付近にいたのか、と聞かれたが、夏海自身よく覚えていなかった。終電には間に合ったし、タクシーにも乗れたはずだ。多分、歩いてマンションに戻ろうとしたのだろうが……。

　夏海はお腹に手を当て優しくさする。

　妊娠していると判っていれば、あんな無茶はしなかった。ほんの二、三日遅れている程度では気付きようもない。

　この子はきっと、聡が強引な真似をした――あの夜の子どもだろう。

そのことを考えたら、夏海にはとても、聡の喜ぶ姿など思い浮かばなかった。

「聡さんは望んでないと思います。その証拠に、一度も来てくれませんし」

そう……夏海が目を覚ましたとき、聡はいなかった。

双葉から、夏海が事故に遭った夜の聡の様子を聞き、密かに期待したのだ。

しかし、その思いは日を追うごとに萎んでいった。今では、双葉の夏海に対する気遣いだったと思っている。

「聡さんに結婚を強要するつもりはなかったんです。もちろん、お金も要りません。ただ、わたしのせいで、悠が父親から認めてもらえないのが可哀相で……」

「まあ、夏海さん！　あなたのせいなんて、そんなわけがないでしょう？　責任は聡さんにあるのだから」

「いえ……もう、いいんです。ただ、悠はわたしが育てたいと思っています。お腹の子も。もちろん、子どもたちから祖父母を奪うつもりはありません。いつでも会いに来てやって下さい。でも父親は……子どもたちを傷つけるだけの父親なら、必要ありません」

夏海はきっぱりと、聡を愛することに終止符を打ったのである。

◇　◇　◇

「聡さんが事務所を辞めるって……どういう意味ですか？」

九月も半ばを過ぎて、夏海はようやく退院する。

その直後、仕事の合間に自宅までお見舞いに来てくれた双葉から、聡の唐突な行動を聞かされたのだった。

「一条くんは弁護士を辞めるんですって。で、事務所の出資金はそのままで、名義をなっちゃんに切り替えたって。うちの近くに家も買ってたし」

「家？　家って……一戸建てとかの家？」

「そう。子どもが四～五人生まれても、大丈夫そうな庭付き一戸建て」

「どうして、そんな……」

驚き過ぎて夏海は声も出ない。

「如月が言ってたわ。個人資産はほとんど信託財産に切り替えて、受益者は悠くんと生まれてくる子どもに指定したんですって。あ、家の名義はなっちゃんになってるって」

ドンッ――夏海は思わず、テーブルを握りこぶしで叩いていた。

テーブルに置かれたばかりの湯のみが揺れ、中のお茶が危うくこぼれそうになる。

「お金じゃないって、いつになったら判ってくれるの⁉」

聡はいつまで夏海のことを、財産目当てだと思い続ける気だろう？

夏海の入院中、可能な限り悠の面倒は見てくれていたようだ。だが、とうとう一度も見舞いには来てくれなかった。

退院してマンションに戻った夏海を出迎えてくれたのは、聡が雇った家政婦だった。

あの夜、一条邸で別れて以降、彼とは一度も会っていない。

「判ってると思うわよ。でも、それしか出来ないんでしょうね。馬鹿よね……会いに行けって言っても、尻込みして逃げ回ってるのよ。正式に離婚を言い出されるのが怖いんでしょうね」

怖いも何も、離婚を望んでいるのは聡だろう。

夏海は、悠と一緒でなければ離婚には応じない、と答えたままだった。

「離婚も何も……わけが判らないわ」

ため息混じりに離婚を口にした夏海に、双葉は思い出したように声を上げた。

「ああっ！　忘れてた。宮田秋穂さん……なっちゃんのお姉さんだっけ。離婚で揉めてたんでしょ？」

「え？　ええ。でも、どうして双葉さんが？」

夏海の姉、秋穂は妻ある外科医と不倫の末、妊娠。挙げ句の果てに駆け落ちしたまま行方不明となっている。

その話を聞いた翌日、聡は専門の弁護士を雇って名古屋に向かわせてくれたはずだ。思えばもう二ヵ月近く前になる。夏海自身にいろんなことがあり過ぎて、うっかり忘れていた。

少しは進展があったのだろうか？

夏海が不安そうに尋ねると、双葉が信じられない答えをくれた。

「お姉さんも相手方も、離婚が無事成立したんですって。二日前に事務所に連絡があったの。子どもの件で調停が残ってるし、それが片付くまで入籍は待たなきゃいけないようだけど……でも、概ね解決したって」

「い、いつの間にそんなことに」

「一条くんが色々手を回したみたいよ。あちこちに、ね。自分でも相当動いてたから」

夏海は開いた口が塞がらない。

それで姉が救われるなら、感謝すべきなのは判っている。

だが、お腹の子どもが助かるかどうかの瀬戸際だったのだ。そんな夏海には会いにも来ず、どうして姉の離婚問題を優先するのだろう。

夏海には家を買い与え、財産さえ渡せばそれで済むと思っているのだろうか？

さらには弁護士を辞めるなど……全く意味不明だ。

「あの人は、一度もわたしのことを愛してくれなかったのね。信じてもくれなかった。悠に不自由な思いをさせて、怒ってるのかも知れないけど。姉さんのことは感謝してるわ。でも、会いに来て欲しかった。聡さんが考えてることも、判らないままだったし」

深く息を吐き、夏海は聡を責める言葉を口にした。

双葉に同意して欲しい。いや、いつかのように『アイツは間違いなくあなたに惚れてるわ。それも理性を失くすほどに』そう言って欲しかったのかも知れない。

ところが、双葉は夏海の予想外の言葉を口にする。

「さあ……どうかしら」

「双葉さん？」

　双葉は少し悲しそうな笑みを浮かべた。冷めかけたお茶に口をつけると、ひと言ひと言噛み締めるように言う。

「夫婦ってふたりで夫婦って言うのよ。家庭もそう——どちらかが頑張って作り上げて、相手に与えるものじゃないの。迷いながら、間違いながら、それでも諦めずに作り続けて行くのが夫婦で家庭だわ」

「でもっ！」

　双葉の言わんとすることは判る。

「でも、諦めたのは聡さんのほうよ。わたしのこと、信じてもくれなかった。ずっと待ってたのに……探し出して迎えに来てくれるって。三年前も……あの夜も」

　双葉に言っても仕方ない。

　判ってはいても、夏海は思わず叫んでいた。

「そうね、辛かったわね。でも、一条くんも同じだったとは思わない？」

「同じ？」

　夏海は心の奥がピクッと震える。

「ふたりでしっかり手を繋ぎ合って進めるときもあるけど。間違って手を離してしまうこともある。あなたが摑んでくれていたら……私も握り返したのに。そう言ってる限り、どんどん離れて行くんじゃない？」

「でも、でも……わたしは、愛してるって言ったわ！　信じてって……それなのに」

双葉は、夏海の言葉に何度も頷いた。

「そうよね、頑固な男よね。素直に自分のあやまちも認められないし、頭を下げることも出来ない。前も言ったけど、幾つになっても変わらず馬鹿ばっかりやってるわ。三年前もそうだったはずよ。ねえ、なっちゃん……あなたはあの馬鹿のどこに惚れたの？」

双葉は本気で聡を『馬鹿』だと言っているのだろうか。

聡は夏海より遥かに高い所にいる。たくさんのものを持ち、なんでも判っていて、出来ない事などほとんどない。

それが、間違っていたというのだろうか？

双葉の言うように、聡が『馬鹿な男』だとしたら？

聡の心を求めて、夏海は上ばかり見て必死に探し続けてきた。でもそこに、彼の愛は見つからなかった。

最初から、夏海の思い描いた場所に、聡が居なかったのだとしたら？

聡に逢いたい。

逢って、自分は聡の何を愛したのか確かめたい。

その瞬間、夏海の胸の奥で、消えかけた愛のさざなみが立った。

身辺はあらかた片付いた。離婚届が夏海に届くように手配すれば、すべて終わりだ。

家政婦から夏海が悠を連れて実家に戻ったと聞き、そのときを狙って、聡は我が家に足を踏み入れた。

わずか三ヵ月足らずの結婚生活だった。夏海のいない数週間は、出来る限り悠とともに過ごした。これが最後になると思ったからだ。

悠の姿を見ていると、知らず知らずのうちに涙が浮かんだ。

息子が初めて笑い、立ち上がり、パパと呼ぶ日の感動を、愚かな嫉妬から逃したことを痛感した。

次に生まれる子も、そんな奇跡の瞬間に自分は立ち会えない。

何処で間違えたのか、なぜ信じなかったのか。真実を知ったあの日から、聡は自らに何百、何千回問い質しただろう。

——情状酌量の余地はない。

それが自身に下した判決だった。

人生の最も重要な場面で大きなミスを犯してしまった。自分は良き夫、良き父親の役を降ろされ、その出番は永久になくなったのだ。

唯一の救いは、お腹の子どもが助かったことだろう。

夏海が拒むことを承知で、自分の持つ全てを子どもたちに与えてやりたいと願った。短かった幸せな日々を思い浮かべつつ、聡は独り佇んでいた。彼の手元にあるのは、家族三人で撮った数少ない写真である。

これを持ち出すために、夏海の留守を狙って戻ってきたのだ。

写真の夏海は、ぎこちなくだが微笑んでいる。

その笑顔を見るだけで聡の心は震えた。際限なしに幸福を与えてくれる、人生でただひとりの女性だった。

そっと愛する妻の笑顔を指先でなぞり、

静かに微笑みながら、愛の言葉を口にした。

「愛してるよ、夏海」

「──本当に？」

その瞬間、聡は信じられない声を耳にする。

慌てて振り向く彼の目に映ったのは、笑顔の消えた妻……夏海だった。

夏海はスッと聡の隣に立つ。

彼が手にした写真を見て、これまでになくハッキリと不満を口にした。

「本当は寂しかったのよ。悠をあなたに奪われそうで。あの子は何も知らずに、あなたに懐いてしまうし」

「判ってる。何も言わなくていい。全てが私の間違いで、私の罪だ。これまでの言葉は全部撤回する。責任は取るよ。だから」

激しい音が室内に響いた。

夏海が渾身の力で聡の頬を打った音だった。

努めて冷静に、自分の非を詫びて身を引こうとした聡に、夏海は容赦なく怒りをぶつけてきた。

「何が判ってるの？　お金なんか要らないって何回も言ってるじゃない！　あなたはまだ、わたしのことを、お金目当ての娼婦のように思ってるの⁉」

「違う！　ただ……私には金しかないんだ！　金で詫びるしか」

「そうやって逃げるのね。また、あなたに捨てられるんだわ。わたしのことも、赤ちゃんも、愛してるなんて嘘ばっかり言って！」

夏海の瞳に怒りの炎が燃えていた。

その炎は聡を呑み込み、焼き尽くす勢いで燃え盛っている。

(当然だな。夏海が私を許すはずがない)

これまでずっと、聡はこの炎から逃げてきた。

匡の嘘を真に受け、偽りの盾を手に我が身を守り続けた。だが、そんな真似をして逃げきれるわけがない。夏海の気が済むまで罵られるのが、愚か者の末路に相応しい。

ただ、ひとつだけ疑問が残っていた。

なぜ友人までが自分に嘘を言ったのか……答えをくれたのは如月だった。

『なあ、聡。友だちに聞いたとき、織田夏海って名前を出さずに、弟と付き合ってる秘書って聞かなかったか？』

『それは……ああ、そう言ったかも知れない』

如月が何を言いたいのか、聡には見当もつかなかった。

『当時、匡くんにはふたりの秘書がいた。夏海くんは第二秘書で、社内で常務とお楽しみの秘書って言えば、第一秘書のほうだったそうだ。彼は勘違いしたんだよ』

如月は言い難そうに答える。

『第二……秘書、だと。そんな馬鹿な』

それは落ち込む聡にとって、ダメ押しとなった。

徹底的に叩きのめされ、己の愚かさを突きつけられた。

恥ずかしくて、やり直しの可能性など、口にすることも出来ない。黙って夏海の審判を仰ぐ以外の道など、聡には残されていなかったのである。


やつれた――聡を見て、最初にそう思った。

たった一ヵ月会わなかっただけなのに、三年ぶりに会ったときより歳を取って見える。

目の前にいる聡は、まるで人生の終焉（しゅうえん）を迎えた老人のようだった。

「とにかく……謝罪のしようもない。君と悠の人生を狂わせて、申し訳なかった」

そう言って頭を下げたきり、微動だにしない。

匡に対して口にした『もういい』の言葉が、どうしても言えなかった。

「じゃあ認めるのね？　悠はあなたの子どもだって」

「ああ……間違いない。あの子は私の息子だ」

聡に少しでも自分たちの苦しみを判らせてやりたい。

そう思って夏海はここに来た。家政婦に、実家に戻る、と言ったのは嘘だ。

『なっちゃんがいる限り、家には戻れないでしょうね。臆病な男だから』

双葉の言った言葉は当たっていた。

まさか聡に限って――夏海から逃げている、などあり得ない。そう思いつつ、夏海は半信半疑で彼を試した。

そして、聡はここに来た。

夏海の顔を見るなり、怯えた子犬のように視線を逸らし、今にも逃げ出してしまいそうだ。

夏海の中の聡への愛情は消えてしまった。

ただ、謝罪の言葉を聞きたい。それも直接聞かなければ納得が出来ない。

それだけのはずだったのに……。

夏海が玄関に足を踏み入れたとき、そこは異様なほど静まり返っていた。

その静寂の中、夏海の耳に届いた言葉――『愛している』。それは彼女がずっと待ち続けた、聡の愛の言葉だったのだ。

「弁護士を辞めて、どうするの？」

「さあ……どうするか」

「どうして辞めるの？」

「正義の天秤を振りかざすのに、私は相応しくない。ひとりの人間の人生を踏み躙って、守るべき我が子すら放り出した。知らなかったでは許されない罪だ。私は裁かれるべきなんだよ」

「あなた自身がそれをするの？　それって不公平だわ！　あなたを罰する権利は、わたしにあるんじゃないの？」

夏海の攻撃的な台詞に聡は息を呑む。

「そう……だな。君の好きにするといい。どんな罰にも従おう」

夏海は深呼吸すると、それまで溜め込んでいた心の不満を一気に吐き出した。

「どうして？　どうして信じてくれなかったの？　匡さんより、わたしを信じて欲しかった。悠をひとりで産みたくなかった。あなたに傍にいて欲しかったのに！」

聡の妙に悟り切った様子を見ていると、色んな想いが次々に溢れてくる。

「それなのに、あの智香さんと……永遠の愛を誓ったなんて！　指輪まで……酷いわ……」

しだいに声が潤み、溢れ出した涙が次々と頬を伝い落ちていった。

泣きじゃくる夏海に、聡は居た堪れなくなる。

次の瞬間、手を伸ばして夏海を抱き寄せていた。

「すまない。許してくれなくてもいい。お願いだ……頼むから、泣かないでくれ。お腹の子どもに悪い。私のことは忘れて、君は幸せに」

「馬鹿っ！　なんで判ってくれないの！」

夏海は両手で聡の胸をバンバン叩きながら叫ぶ。

「全部、嘘だったの？　愛してるって、結婚しようって言ったのも。抱くためだけの嘘だったの？　本当は智香さんのことを……」

「違う！　言ったはずだ。智香と結婚するつもりは全くなかった。それだけは」

「じゃあどうして⁉　言ってよ！　ちゃんと言って！　言ってくれないと許さない。一生許さないわ」

一生許さない——夏海の言葉は、聡の胸に十字架の杭のように突き刺さった。

痛くて苦しくて、立ち続けることも、逃げ出すことすら出来そうにない。

聡は倒れ込むように夏海の身体に縋りついた。そして……そのまま膝を折り、ずるずると崩れ落ちていく。

「愛していた——君に出逢えて幸せだった。嘘みたいに幸せで……だから……それが怖かった」

愛の言葉を口にした瞬間、聡の中の強固な堤防は決壊を始めた。

情けないと思う余裕すらなく、涙が流れ出し、夏海の服を湿らせる。

「愛している。脅迫まがいのことまでして、結婚したくらい君を愛している。匡に……奪われるのが怖かった……それだけだった」

聡が溜め込んだ想いは、互いに積み上げた心の壁を少しずつ壊し、その隙間から流れ出した。

そして、再び繋いだ指先を伝って、彼の想いが夏海の心へと注ぎ込んでいく。

「お願い、もっと……もっと聞かせて」

「ずっと……不安だった。女性から、金以外は求められたことがない。セックスも貶されるだけだった。だから、本当に愛されているのか不安で……。匡の言葉を真に受けたのも、それが原因なんだ。君に捨てられるのが怖くて……あんな酷い言葉で先に捨てたんだ。愛していた。結婚したかった。ずっと、それだけが願いだった！」

それは、待ち侘びた言葉だった。

理想とは違う。今の聡は夏海の下半身にしがみ付き、まるで幼児（おさなご）のように泣きじゃくっている。

クールでもかっこ良くもない聡の涙は……枯れかけたふたりの愛に命を与え、あっという間に、夏海の心に満開の花を咲かせたのだ。

夏海はそんな聡の髪を撫で、包み込むように抱き締める。

そして、彼と同じように跪いた。

「じゃあ聡さん、わたしとともちゃんと結婚して」

「な、つみ……それは……どういう」

「わたしにも、神様の前で永遠の愛を誓って欲しい。あなたの想いを……愛を込めた指輪をはめて欲しいの！」


聡は驚きのあまり、瞬きも忘れて夏海をみつめた。

「この子も……わたしはひとりで産むの？　重い荷物を持ってくれたり、ベビー用品を一緒に選んだりしてくれないの？　陣痛が来たら、手を握って励まして欲しい。よく頑張ったねって言って欲しいのに……また、ひとりにするの？」

「言って、いいのか？　私が、傍にいてかまわないのか？　夫だと……子どもの父親だと言うのを許してくれるのか？」

「わたしは……あなたに愛して欲しいの。愛してるって言って欲しい、それだけよ」

ふわっと、花がほころぶ様に夏海が微笑んだ。

「……愛してる……」

聡はそのまま夏海を抱き寄せ……きつく抱き締めそうになり、慌てて力を緩めた。

そしてふたりの視線が絡まり、唇が重なった。

ふたりの唇にわずかな隙間ができるたび、聡は愛を囁く。

何回も、何十回も、繰り返し「愛している」と。

そしてそれは、決して消えない愛の証となって、ふたりの胸の奥に刻まれて行き――。

やがて、三桁に達しようかという頃、夏海は笑って「もういいわ」と許してくれたのだった。

# エピローグ

妊娠四ヵ月目に入り、医者からゴーサインが出た。

その二週間後、運動会が出来そうな見事な秋晴れの日に、聡と夏海は結婚式を挙げたのだった。

あの後、聡が事務所に復帰するには、多少の面倒な手続きを要したが……それは自業自得だろう。

新郎の付添い人をしながら、如月がボソッと口にする。

「しかし、やっぱ女は結婚式に命かけてるんだなぁ。もう入籍してて、ふたり目もお腹にいるのに」

聡も無言で頷く。

夏海にとって一番傷ついていたことは聡の仕打ちではなかった。智香との挙式や指輪の件だったらしく、真っ先に責められたことを思い出す。

その智香だが……。

由美に妄想を吹き込んだやり方はあまりに卑劣で、今度ばかりは告訴するつもりでいた。

ところが、智香の両親は再び彼女を海外に出したのである。それも、病気療養の名目で。こうなると、とても責任能力は追求できそうにない。

「すまんな。色々面倒を掛けた。借りは必ず返すから」

「こっちに返す前に、まず女房だろ。お慈悲で傍に置いてもらえるんだからな」

「判ってる。夏海には一生頭が上がらない。妻でいてくれるだけで、この上なく幸せだ」

教会の扉が開き、父と腕を組んだ夏海の姿が見えた。

聡が何度も夢で見た、真っ白なウエディングドレス姿だ。

夏海が自分をみつめながら、バージンロードを一直線に歩いてくる。視線が合うと、聡の頬は自然に緩んでしまう。同時に、夏海も幸せそうにはにかんだ。

「なんて綺麗なんだ」

そう呟いたまま、聡は蕩けそうな表情で妻に見惚れていた。

その横で、如月が笑いを堪えるのに必死だったことなど、このときの聡にはどうでもいいことだった。

四月――。
「ぼく、おとうとがいい！」と言い続けた悠の願いは叶わず。生まれた小さな妹は、季節にピッタリな「桜（さくら）」と名付けられた。

悠の望みが叶ったのは、ちょうどその三年後……。
窓の外には夏海の大好きな桜が、満開に咲き誇っていた。

# あとがき

蜜夢文庫ファンの皆様、こんにちは！　お久しぶりの御堂志生です。

本作は今から十二年前、初めてウェブに投稿したお話。小説です、と書きたいところなんですが……なんといいますか、言い切る自信がありません（苦笑）当時は、文章のルールとかも全然知らずに、勢いだけで書き殴ってました。

ちなみに本作と同じキャラで書かれた作品「エリート弁護士は不機嫌に溺愛する」のほうが考えたのは先です。そちらはボス秘書もの＆秘密の関係がテーマでした。古いデータを漁ってみたところ、どうやら本作はversion3だったみたい。テーマがシークレットベイビーで、出会ってどれだけ短い時間で恋に落ちることができるか、というのにチャレンジした記憶はあります。でもこの前にversion2も書いたらしく、出会いは一緒だけど即行でエッチせず、少しずつ歩み寄って婚約、結婚するという……聡が普通にいい男のバージョンがあったんですね（笑）そっちは途中までしか書かなかったみたいです。

同じキャラで別ストーリーなんてあんまりないと思うんですが……私って、聡を書くのが好きなのかな？　あ、でも、智香タイプの女性を書くのはかなり好きです。毒を吐くようなセリフはノリノリで書いてます。どっちも、リアルではお付き合いしたくないタイプだからこそ、書いてて楽しいのかもしれませんね。

イラストは、さばるどろ先生にこんなにカッコよく描いていただきました。夏海もとっても綺麗で……何より、聡……いいんでしょうか、こんなにカッコよくて。ネットではここから約三十年後の悠くんのロマンスとかも書いちゃったりしてるので、可愛い年頃の彼の姿には感慨深いものが……。表紙の桜もお願いして描いていただきました。さばるどろ先生、どうもありがとうございました！

それと合わせて、タイトルの「愛を待つ桜」。編集様に、残してもらえたら嬉しいな、という話をしたら、メインタイトルにしていただけました。編集のK様とは、らぶドロップスで受賞した時からのお付き合いなので、お世話になってもう十年目。迷惑かけっぱなしで申し訳ないんですが、これからもよろしくお願いいたします。

後、ファンレターを送ってくださる読者様、ちゃんと転送していただいてます。どうもありがとうございます。私にとって、挫けそうな時の心の支えです。泣き言を聞いてくれる数少ないネットのお友だちや、家族にも支えられてます。本当にありがとう‼

そしてこの本を手に取って下さった〝あなた〟に、心からの感謝を込めて。

またどこかでお目に掛かれますように――。

二〇二〇年十月　　御堂志生

本書は、Berry's Cafe 掲載の web 小説『愛を待つ桜』を元に、加筆・修正したものです。

★著者・イラストレーターへのファンレターやプレゼントにつきまして★
著者・イラストレーターへのファンレターやプレゼントは、下記の住所にお送りください。いただいたお手紙やプレゼントは、できるだけ早く著作者にお送りしておりますが、状況によって時間が掛かる場合があります。生ものや賞味期限の短い食べ物をご送付いただきますと著者様にお届けできない場合がございますので、何卒ご理解ください。
送り先
〒160-0004　東京都新宿区四谷 3-14-1　UUR 四谷三丁目ビル２階
(株) パブリッシングリンク
蜜夢文庫 編集部
○○（著者・イラストレーターのお名前）様

愛を待つ桜
エリート弁護士、偽りの結婚と秘密の息子

２０２０年１１月２８日　初版第一刷発行
２０２１年 １ 月２５日　初版第二刷発行

著……御堂志生
画……さばるどろ
編集……株式会社パブリッシングリンク
ブックデザイン……しおざわりな
（ムシカゴグラフィクス）
本文ＤＴＰ……ＩＤＲ

発行人……後藤明信
発行……株式会社竹書房
〒102-0072　東京都千代田区飯田橋２－７－３
電話　03-3264-1576（代表）
03-3234-6208（編集）
http://www.takeshobo.co.jp
印刷・製本……中央精版印刷株式会社


ISBN978-4-8019-2477-2　C0193
Printed in JAPAN